El reino animal

Alfaguara es un sello editorial del Grupo Santillana

www.alfaguara.com

Argentina
Av. Leandro N. Alem, 720
C 1001 AAP Buenos Aires
Tel. (54 114) 119 50 00
Fax (54 114) 912 74 40

Bolivia
Avda. Arce, 2333
La Paz
Tel. (591 2) 44 11 22
Fax (591 2) 44 22 08

Chile
Dr. Aníbal Ariztía, 1444
Providencia
Santiago de Chile
Tel. (56 2) 384 30 00
Fax (56 2) 384 30 60

Colombia
Calle 80, 10-23
Bogotá
Tel. (57 1) 635 12 00
Fax (57 1) 236 93 82

Costa Rica
La Uruca
Del Edificio de Aviación Civil 200 m al Oeste
San José de Costa Rica
Tel. (506) 220 42 42 y 220 47 70
Fax (506) 220 13 20

Ecuador
Avda. Eloy Alfaro, 33-3470 y Avda. 6 de
Diciembre
Quito
Tel. (593 2) 244 66 56 y 244 21 54
Fax (593 2) 244 87 91

El Salvador
Siemens, 51
Zona Industrial Santa Elena
Antiguo Cuscatlan - La Libertad
Tel. (503) 2 505 89 y 2 289 89 20
Fax (503) 2 278 60 66

España
Torrelaguna, 60
28043 Madrid
Tel. (34 91) 744 90 60
Fax (34 91) 744 92 24

Estados Unidos
2105 N.W. 86th Avenue
Doral, F.L. 33122
Tel. (1 305) 591 95 22 y 591 22 32
Fax (1 305) 591 91 45

Guatemala
7ª Avda. 11-11
Zona 9
Guatemala C.A.
Tel. (502) 24 29 43 00
Fax (502) 24 29 43 43

Honduras
Colonia Tepeyac Contigua a Banco Cuscatlan
Boulevard Juan Pablo, frente al Templo
Adventista 7º Día, Casa 1626
Tegucigalpa
Tel. (504) 239 98 84

México
Avda. Universidad, 767
Colonia del Valle
03100 México D.F.
Tel. (52 5) 554 20 75 30
Fax (52 5) 556 01 10 67

Panamá
Avda. Juan Pablo II, nº15. Apartado Postal
863199, zona 7. Urbanización Industrial
La Locería - Ciudad de Panamá
Tel. (507) 260 09 45

Paraguay
Avda. Venezuela, 276,
entre Mariscal López y España
Asunción
Tel./fax (595 21) 213 294 y 214 983

Perú
Avda. Primavera 2160
Surco
Lima 33
Tel. (51 1) 313 4000
Fax. (51 1) 313 4001

Puerto Rico
Avda. Roosevelt, 1506
Guaynabo 00968
Puerto Rico
Tel. (1 787) 781 98 00
Fax (1 787) 782 61 49

República Dominicana
Juan Sánchez Ramírez, 9
Gazcue
Santo Domingo R.D.
Tel. (1809) 682 13 82 y 221 08 70
Fax (1809) 689 10 22

Uruguay
Constitución, 1889
11800 Montevideo
Tel. (598 2) 402 73 42 y 402 72 71
Fax (598 2) 401 51 86

Venezuela
Avda. Rómulo Gallegos
Edificio Zulia, 1º - Sector Monte Cristo
Boleita Norte
Caracas
Tel. (58 212) 235 30 33
Fax (58 212) 239 10 51

Sergio Ramírez

El reino animal

ALFAGUARA

© 2006, Sergio Ramírez
© De esta edición:
Santillana Ediciones Generales, S. A. de C.V., 2006.
Av. Universidad, 767, Col. del Valle,
México, D. F. C. P. 03100
Tels: 5604-9209 y 5420-7530
www.alfaguara.com.mx

ISBN: 970-770-573-6
Primera edición en México: septiembre de 2006

Diseño:
Proyecto de Enric Satué

© Cubierta:
Corbis / Cover

© Imágenes de interiores:
Corbis / Cover, Minden Pictures, Archivo Santillana
y archivo del autor.

Impreso en México

Índice

Para Claribel Alegría

No se me oculta que quienes ponen fijos sus ojos en el provecho material o van tras los honores, tras el poder y tras todo lo que consigo trae fama querrán desacreditarme porque consumo mi ocio en estas actividades, a pesar de que bien podría mostrarme muy ufano de mí, ir a exhibirme en las tertulias y obtener buenos dineros. Por el contrario, mi ocupación está en los zorros, los lagartos, los escarabajos, las sierpes y los leones, trato de conocer cómo obra el leopardo, cuánto amor prodiga la cigüeña a sus hijos, cómo es de armonioso el trino del ruiseñor, hasta dónde llega la astucia del elefante, qué formas presentan los peces, cuándo emigran las grullas, cuáles son los distintos tipos de víboras y, en pocas palabras, todo lo que refiere esta historia a través de datos reunidos y estudiados con esfuerzo...

CLAUDIO ELIANO
Historia Animalium

Pues de entre todas las criaturas vivientes, la naturaleza ha parido al hombre desnudo y lo ha vestido con las riquezas y bienes ajenos. A todas las demás les ha dado suficiente para cubrirse según su especie, a saber: conchas, caparazones, escamas, cueros resistentes, cerdas, pelambres, plumajes, púas y vellones de lana... Sólo al hombre, pobre desgraciado, lo ha puesto desnudo sobre la tierra desnuda, aun a la hora de nacer, para llorar y lamentarse desde la primera hora que es traído a este mundo: de tal suerte que entre tantas criaturas vivientes, no hay otro sujeto a derramar lágrimas y lamentarse como él.

PLINIO EL VIEJO
Naturalis Historiae

ARAÑA

Arachnius gluteus

Este tipo de arácnido pertenece a la familia *Salticidae,* de arañas saltarinas. Conocida también como *Telamonia festiva,* se distingue por su color rojizo. De tamaño diminuto, la hembra mide entre nueve y once milímetros, y el macho, entre ocho y nueve. Tiene su hábitat en el follaje de los árboles, y en sitios húmedos del ambiente doméstico. Es originaria de Singapur, Indonesia y la India.

La estrategia de la araña

There was a Red-Back on the toilet seat
When I was there last night
I didn't see it in the dark
But, boy, I felt it's bite.
Canción popular australiana

De acuerdo a un artículo del doctor Beverly Clark M. D., publicado en el *Journal of the United Medical Association,* el misterio acerca de una reciente ronda de muertes en los Estados Unidos ha sido resuelto. Si usted todavía no se ha enterado de lo que ocurrió, aquí está:

Tres personas del sexo masculino de Jacksonville, en el norte de Florida, acudieron de emergencia al Methodist Medical Center en un período de cinco días, padeciendo los mismos síntomas: fiebres, escalofríos y vómitos, seguidos de colapso y parálisis muscular. Todos ellos murieron. No había ningún signo externo de trauma, pero las autopsias mostraron severa intoxicación de la sangre.

Estos hombres, de diferentes edades, no se conocían entre sí, ni parecían tener nada en común. Se descubrió, sin embargo, que los tres habían concurrido al mismo restaurante pocos días antes de contraer los síntomas fatales, el Oliver Garden de Lane Avenue. El Departamento de Salud ocupó el restaurante y ordenó cerrarlo, a pesar de tener todos sus certificados sanitarios en regla. Los materiales para preparar la comida y el agua fueron sometidos a pruebas de laboratorio, y así mismo se interrogó a los cocineros y camareros, sin resultado.

Al no haberse descubierto nada que pudiera implicar al restaurante, las autoridades de Salud accedieron a su reapertura. Pero pocos días después, uno de los camareros fue llevado de emergencia al Methodist al acusar los mismos síntomas. Informó a los médicos que había estado de vacaciones, y sólo había regresado al restaurante para recoger su cheque. Ni bebió ni comió mientras permaneció allí, y sólo había hecho uso de los servicios higiénicos. A las pocas horas murió.

El dato acerca de los servicios higiénicos aportado por la nueva víctima, aunque banal a primera vista, decidió a las autoridades a realizar una inspección de los mismos. Tras una minuciosa búsqueda, al ser levantado el aro del inodoro, se descubrió en el borde de la taza una diminuta araña de color rojizo. Llevada al laboratorio, se determinó que se trataba de un ejemplar macho de la *Arachnius gluteus*. Su veneno es extremadamente tóxico, pero puede tomar varios días antes de causar efectos.

En aquel momento resultó clave determinar las circunstancias en que esa especie de araña, propia de los países asiáticos y extraña al continente americano, había podido llegar hasta Jacksonville. Ninguna de las víctimas identificadas había visitado nunca Asia. Se acudió entonces a los registros de todos los hospitales de la ciudad en busca de antecedentes, y se logró determinar que tres meses antes se había producido otro fallecimiento por causas muy parecidas, según la autopsia, caso que por su carácter aislado no despertó entonces mayor atención. Aquella víctima sí había estado en Asia.

Se trataba de un exitoso abogado de Jacksonville. Las indagaciones arrojaron como resultado que poco antes de su muerte había hecho un viaje de negocios a Yakarta, Indonesia, y había cambiado de avión en Singapur para el vuelo de regreso a Nueva York. Como ese último vuelo se había originado en Bombay, se ordenó una inspección de los inodoros de todos los aviones procedentes de la India, y en cuatro de ellos fueron descubiertos nidos de la *Arachnius gluteus,* con enjambres de huevecillos.

Al ser interrogada, la esposa del abogado brindó dos datos importantes: que para celebrar el regreso habían cenado en el Oliver Garden; que sintiéndose mal del estómago mientras se encontraban en el lugar, la víctima había hecho uso de los servicios sanitarios; y que luego había presentado la señal de un piquete enrojecido en la nalga derecha, del tamaño de una cabeza de alfiler, causa de mucho escozor. Los investigadores médicos dedujeron que una araña hembra pudo haber depositado sus huevecillos en los genitales de la víctima, después de picarla, y que esos huevecillos fueron transportados por la misma víctima hasta el inodoro del restaurante.

Se sospecha que la araña puede hallarse ahora debajo de cualquier aro de inodoro en cualquier servicio sanitario de cualquier sitio público de la Unión Americana, ya que los aviones en vuelo desde Asia pueden seguir acarreando *Arachnius gluteus,* así como sus huevos, pese a las inspecciones rutinarias, difíciles en todo caso de practicar.

De manera que cuando visite los Estados Unidos y vaya a usar el servicio higiénico de cualquier aeronave, aeropuerto, estación ferroviaria o de autobuses, tienda, o restaurante, por mucho que sea su apuro, levante primero el aro y examine cuidadosamente para ver si no hay arañas.

Pase por favor esta información a las personas cercanas a usted.

AVES CANORAS

Carduelis carduelis

Los sonidos vocales de las aves son de dos tipos: *las llamadas,* sonidos breves de estructura acústica simple, de una o dos sílabas; y *el canto,* una secuencia de notas melódicas. Los sonidos se producen en la siringe, compuesta de cuatro membranas, localizada en la parte baja de la tráquea. En las siringes complejas las cuatro membranas funcionan de manera casi independiente, así los cenzontles, cuyo nombre significa en náhuatl «cuatrocientas voces», producen dos notas distintas al mismo tiempo, es decir, un dueto de una sola ave. El canto participa en una gran cantidad de sucesos del ciclo de vida de las aves: como un estimulante sexual para las hembras; para evidenciar el sexo, pues en algunas especies sólo los machos cantan; para demostrar que el macho está dispuesto a defender su pareja o su territorio; para avisar de la presencia de comida, o la cercanía de los depredadores. Las palomas cantan cuando el sol está en el cenit; en las aves nocturnas, es el ocaso el que las hace cantar. Algunas pueden imitar con su canto el de otras aves, ladridos de perro, y aun el sonido de los cascos de un caballo, y, ya se sabe, la voz humana.

Por qué cantan los pájaros

1.

Cuando terminaron sus estudios en el colegio de monjas donde pasaron internas por cinco años, les tocó despedirse antes de volver cada una a su país. Eran tres. Una se llamaba Sara, otra Gabriela, la otra Claudia. Se juntaron en el café donde iban siempre los domingos, y allí acordaron que nunca más volverían a comunicarse sino veinte años después. Entonces regresarían al mismo lugar para confesarse lo que había sido de sus vidas. La primera que llegara esperaría a las otras en la misma mesa a la que estaban ahora sentadas, al lado de la ventana que daba a la plaza. Y la hora del encuentro sería la misma que marcaban las campanadas del reloj de la torre del ayuntamiento, visible desde la mesa. Las cinco de la tarde.

2.

Aquella promesa se la habían hecho a comienzos de la primavera. De modo que cuando veinte años después llegó el día de la cita, también era primavera, pero una primavera de lluvias molestas, como la que caía ese día. Sara llegó primera y fue directo a la mesa. Detrás del cristal de la ventana se veía pasar a los transeúntes bajo imponentes paraguas negros, como si se apresuraran camino de un funeral. Pidió un café expreso. No recordaba el rostro de ninguno de los camareros que iban y venían entre las mesas. El que la atendió ahora apenas habría nacido cuando ellas se despidieron.

Una mujer, desprevenida de la lluvia, atravesó la plaza. Era Gabriela. Cuando Sara la tuvo de frente se dio cuenta que llevaba el pelo teñido de un impreciso color violeta, y le sobraban las joyas. Pulseras, sobre todo. Se besaron, se miraron, una en brazos de la otra, volvieron a besarse. Gabriela, a su vez, vio en Sara a una mujer de ojos tristes que parpadeaban tras los lentes asegurados con una fina cadena de oro. Iba vestida con un gusto impecable, y llevaba el pelo muy corto, como el de un muchacho. Conservaba dos cosas. Conservaba la gracia de convertir el tic que la hacía fruncir hacia un lado la boca en algo así como una sonrisa insinuante. Y conservaba sus hermosos pechos. Altos, llenos. Lo más llamativo de su persona desde los tiempos del internado.

No tardó en aparecer Claudia. El paso del tiempo, al quitarle la juventud, la hacía ver como una mujer de apariencia mediocre, aún más baja de estatura quizás por los kilos que le sobraban, y que se le veían así mismo en la papada. Se acercó a ellas entre espavientos, y luego lloró. Pidió un vodka tónico. Gabriela quiso otro, era lo de siempre en sus encuentros. Aún servían en el lugar los cocteles en vasos largos adornados con una sombrilla japonesa en miniatura. Sara no bebía. Había pasado por una crisis de alcoholismo, y gracias a la terapia de grupo era abstemia absoluta. Fue la primera confesión que se oyó en la mesa.

Tras muchas efusiones repasaron nimiedades de la vida en el colegio. Recordaron los apodos de las monjas, sus necedades, sus defectos. Recordaron a madre Yolanda, la prefecta, que tenía el vicio de dar conferencias al alumnado sobre las aves canoras, y en el curso de la exposición demostraba que sabía imitar sus trinos. Siempre era la misma conferencia, y el mismo repertorio de pájaros. Como regalo de graduación había dado a todas un pequeño libro escrito por ella misma que se llamaba *Por qué cantan los pájaros*. Sólo Sara lo conservaba. Lo había encontrado hacía poco trastejando cajas viejas.

Ninguna recordaba ahora las razones que daba la prefecta para explicar por qué cantaban los pájaros. Pero sí recordaban lo horrible de la comida en el internado, las faltas al reglamento. Recordaron que fumaban en los baños, seguras de no ser descubiertas porque el humo no tardaba en disiparse gracias a la altura de la bóveda del techo que se abría sobre las casetas. Una noche una interna, extranjera como ellas, metió al novio al dormitorio comunal. Una hazaña. Rígidas en sus camas, la cara mirando al cielo raso, los oyeron jadear, oyeron los gritos sofocados de ella. Alguna de las alumnas la denunció al otro día. Las monjas la expulsaron. Pusieron un cablegrama urgente a sus padres para que llegaran por ella y mientras tanto la mandaron a un hotel.

3.

Llegó el momento de rendirse cuentas. Caía la noche. En la plaza funcionaba un carrusel que ya había encendido sus racimos de luces. La caja de música del carrusel tocaba una polka, o bien pudo haber sido un vals de compases acentuados.

Sara se ofreció a empezar y la situación resultó ser la siguiente:

Se había casado dos veces, tenía un hijo del primer matrimonio, y una hija del segundo. Su primer marido había sido un dentista. Engañó al dentista al año de casados, y aquel hijo no era suyo. Al segundo marido, que era ingeniero civil, también lo engañaba, pero la niña sí era hija suya. Anselmo se había llamado el dentista. Llegó a su clínica una carta anónima donde se denunciaba la infidelidad de que era víctima, y sin someterla a ningún maltrato la abandonó. El niño de tiempos de ese matrimonio se llamaba Anselmo también, pero su verdadero padre era un instructor de gimnasia, Frank. Bello en su juventud. El segundo marido, el ingeniero civil, se llamaba Horacio. Muy exitoso. La niña, Marisabel, tenía ahora doce años, díscola, caprichosa. Anselmito, en cambio, un ángel. Estudiaba dentistería también, en homenaje al que creía ser su padre. Horacio seguía siendo su marido. La idolatraba, lo único es que era tan aburrido.

Sometida a interrogatorio tuvo que confesar que no era feliz. Las infidelidades no la habían hecho feliz, dijo, y su tic de fruncir hacia un lado la boca, en lugar de convertirse en sonrisa, pareció congelarse en su cara. ¿Y el segundo amante? No engañaba al ingeniero civil con un amante fijo, ahora prefería romances ocasionales que no la comprometieran. Disfrutaba la transgresión, pero cuando se consumaba, la invadía la tristeza. Era como si buscara algo que no lograba encontrar. Por eso se había dedicado en un tiempo a la bebida, y por eso el ingeniero civil había estado dispuesto a abandonarla, más que por sus infidelidades que no conocía.

4.

Vino el turno de Gabriela. Antes de rendir su confesión se rió de buena gana, como si con aquella risa anunciara lo divertido, o lo absurdo, de lo que iba a contar. Pidió otro vodka tónico antes de seguir adelante. Quería darse valor. Imagínense, si lo llegara a saber madre Yolanda, la prefecta. Madre Yolanda, la amante del canto de los pájaros, de todas maneras ya debería haber muerto. Era muy vieja. El día de la graduación hubo que subirla casi en peso al estrado, y se había acercado al micrófono apoyándose en dos bastones.

Cuando volvió a su país, dijo Gabriela, empezó un noviazgo con un hombre casado. Estaba dispuesto a divorciarse de su esposa, porque quería todo en buena regla, al punto que mientras ella no salió de casa de su padre jamás tuvieron relaciones carnales. El padre se había opuesto a aquella relación. La viudez, porque quedó viudo poco después de volver ella, lo había endurecido. Y, peor que eso, lo había convertido en moralista, después que toda su vida de casado dio guerra sin ocultarlo, una mujer de cartel tras otra. Se volvió de un catolicismo odioso. Un furibundo practicante. Y como ella no quiso obedecer sus órdenes de que dejara a aquel hombre casado, la echó de la casa.

Mario Alberto se llamaba aquel hombre casado, con dos hijos. No se rían, por favor, pero lo mejor que tenía, si me preguntan cuáles eran sus cualidades, era la de ser supremo bailarín. Parecía pisar las nubes. Lo conoció en casa de una amiga de la infancia, le llevaba diez años pero no importaba.

El caso es que cuando su padre la puso en la calle, no tenía ni para el taxi que debía llevarla a donde debía ir, y tampoco existía ese lugar adonde ir. Así que el hombre casado se encargó de todo. La puso en un hotel, y después en un apartamento pequeño. Era dueño de una fábrica de mercancías de plástico, baldes para pintura, regaderas de jardín, palos de escoba. Se entregó virgen a él la tercera noche que le tocó dormir en el hotel. No se rían, yo era virgen, así fue.

Un mes después murió su padre de un derrame cerebral. Sería de la cólera. La desheredó, y siendo su única descendiente, haciendas, acciones, hasta la casa solariega, todo lo dejó a los padres claretianos. Había llegado al colmo de ayudar a decir misa cada mañana en la iglesia de los claretianos. Él, tan lleno de vanidad y orgullo, que se paraba el sol a verlo cuando se hacía acompañar de las bellezas de moda.

El hombre casado, una vez que probó la miel, ya no quiso divorciarse. Un día la esposa engañada, una mujer insignificante, tocó a mi puerta llevando de la mano al niño más pequeño, que tendría cuatro años, y se echó a llorar. No se rían si les cuento que lloré con ella. Llegó Mario Alberto de la calle, y al hallarnos juntas conversando lo que hizo fue huir. De allí en adelante todo fue declive, caída. Fue alejando sus visitas, hasta que dejó de aparecer. Y después que dejó de aparecer, dejó de pagar el apartamento. Si nos vimos, no me acuerdo.

Entonces se convirtió en vendedora de cosméticos a domicilio. Y un día, mientras iba por una calle cargando su valija de cosméticos, se encontró con un novio de la adolescencia. La vio triste y ojerosa, se lo dijo, que la veía triste y ojerosa, y la invitó a cenar. Bebió varias copas de vino en la cena, bastantes, y esa noche se entregó al novio de la adolescencia. Como le había contado sus dificultades, al irse en la madrugada le dejó un billete de cien dólares sobre la mesa de noche. Como en las películas.

Empezó a buscar a viejas amistades, porque no había muchos novios de la adolescencia de quienes echar mano. Después, amigos de sus amigos, y después, desconocidos amigos de los amigos de sus amigos. La valija de cosméticos pasó a la historia. Pero sabía que por mucho que el círculo se ampliara, con el paso de los años sus atractivos no podían durar, porque en la vida todo se acaba, salud, juventud, todo. De manera que inventó algo que le dio resultado.

Lo que inventó fue recuperar su valija de cosméticos. Y se presentaba en los colegios públicos, de jovencitas más o menos pobres, a hacer pruebas gratis de maquillaje. Fue un éxito. Mientras las maquillaba hacía su selección, y luego invitaba a las elegidas a tomar un refresco a la esquina, y si las cosas prosperaban, las invitaba a un almuerzo. Les regalaba dinero, poco. O las llevaba a las boutiques a que se compraran ropa, y como si fuera en broma les advertía que aquella compra quedaba como deuda, y ellas mismas quedaban en prenda. Pero no era broma. Las invitaba a su apartamento, organizaba fiestecitas vespertinas, llegaban sus amigos, los amigos de sus amigos, los desconocidos amigos de los amigos de sus amigos.

Luego eran ellas mismas las que le llevaban a otras del mismo colegio, o de otros colegios. Ya no necesitó más la valija de cosméticos. Desde que inventaron los celulares, ha dado a cada una un celular para tenerlas a mano. Los clientes sólo pueden llamar a un número central, que es el de ella misma, y ella se encarga de pasar la voz a la escogida.

Un día, cuál es su asombro, llama al teléfono de contactos aquel hombre casado sin saber que era ella. Tanto la habría olvidado que no le reconoció la voz. Entonces le hizo una cita falsa, le dio el nombre del colegio donde debía recoger a la jovencita frente al portón, y a la hora indicada se presentó ella misma a la cita. No se rían, no me pregunten por qué hice eso porque ni yo misma lo sé. Cuando el hombre casado la vio, huyó, segunda vez que huía, pero antes ella se le rió en la cara. Me le reí en la cara, dijo, pero al decirlo las miró una a una, y más bien se soltó en llanto.

Claudia abrió la cartera y le alcanzó un pañuelito de papel. Qué cosas las de la vida, adónde nos lleva en sus vueltas, dijo Claudia. Sara preguntó si hasta ahora no había tenido problemas con la policía. Gabriela, mientras se secaba las lágrimas con el pañuelito de papel, contestó que no con la cabeza. Y luego dijo: una tiene que arreglarse bien con la policía para tener un negocio de ese tipo, si entienden lo que quiero decirles. Entendían. Le preguntaron si podía considerarse feliz. ¿Todavía me lo preguntan?, dijo. Y volvió a llorar.

5.

Le tocaba a Claudia. Antes de empezar dijo que tenía algo de hambre, de modo que llamó al camarero que apenas habría nacido cuando ellas se despidieron, y pidió que le llevara el sándwich de pan cubano con lechón, mostaza y tomate, que lo hacían allí de muerte, si es que todavía lo hacían. El camarero dijo que sí, lo hacían. Ninguna de las otras pidió nada de comer. Claudia dijo que quería otro vodka tónico, y Gabriela dijo que estaba bien, la acompañaba.

Partió el sándwich con el cuchillo en tres porciones, y para hacer gala de buenos modales aprendidos un día con las monjas, extendió el plato a las otras dos, ¿no quieren, verdad? No, gracias, no querían. Siempre la misma Gabriela. En el comedor del internado, si se descuidaban, echaba mano del plato de al lado. Cogió la primera porción del sándwich entre los dedos de largas uñas pintadas de nácar, y empezó a masticar despacio con la boca cerrada, a tragar despacio. Pero luego apresuró los mordiscos, y se llenaba los dos carrillos, lo peor de la mala educación a ojos de las monjas. De ellas también había aprendido a no desperdiciar ni una miga, porque el desperdicio del alimento era ofensa al Señor. Fíjense en los pájaros canoros, decía madre Yolanda, recogen hasta el último granito, hasta la última semilla. De manera que igual que los pájaros canoros, ella recogía ahora cada pedacito de corteza caída sobre el mantel. Y mientras comía, sonreía a las otras.

Era viuda. Había enviudado a los tres años de casada. Su marido se había llamado Clarence. Clarence no tenía oficio, sólo estampa, y una mamá que desde el día de la boda los había mantenido a los dos. Bueno, tenía oficio. Siempre era presidente, o era tesorero, o algo, de la directiva del Country Club. Muy deportivo. Jugaba polo, jugaba hockey, jugaba golf, cualquier cosa, con tal de distraerse en algo. Muy social. Siempre estaba en cocteles, en tertulias. Conversador, siempre estaba hablando de todo. Experto en cosas que los otros ni se imaginaban. Las distancias, por ejemplo. Se sabía las distancias entre Londres y París, entre Sidney y Pekín, y las alturas, se sabía la altura del monte Everest, del monte Fujiyama, del Chimborazo. Se sabía la longitud de los ríos, el Amazonas, el Yang Tsé, el Danubio. Murió de enfisema, clavado en la cama de un hospital, le pasó por empedernido fumador. No, nunca tuvieron hijos, gracias a Dios, qué haría ella ahora con hijos. Tampoco le dejó nada, era puro aire, pura apariencia, un mantenido de su mamá, ya les dije. La verdad, le dejó algo. Le dejó un clóset lleno de zapatos de todo estilo, corbatas de seda italiana, chaquetas deportivas con insignias bordadas en la pechera, trajes cruzados, trajes de dos y tres botones, un smoking negro, otro smoking tropical, más la ropa y los instrumentos de sus deportes. Y las tarjetas de crédito reventadas, que la mamá ya no quiso pagar.

De modo que ya veían. Empezó a ganarse la vida como agente vendedora de seguros. Después se pasó a los bienes raíces. Le había ido más que bien. Jamás había vuelto a sentir apetitos sexuales, mejor sola que mal acompañada, niñas. Vivía para ella misma, se mimaba. Se compraba cremas y lociones caras, cosméticos caros, ropa interior cara, vestidos de marca. Hacía cruceros dos veces al año. Viajaba en los aviones en clase ejecutiva, se hospedaba en los pisos ejecutivos de los hoteles. Le fascinaba comer. Cuando dijo esto, extendió las manos con los dedos llenos de mostaza, como buscando auxilio. Sara frunció la boca, atacada por su tic, y le alcanzó una servilleta. Le preguntaron entonces si era feliz, y respondió que si todo aquello podía llamarse la felicidad, era feliz.

6.

Se levantaron cuando el camarero que apenas habría nacido cuando ellas se despidieron veinte años atrás colocaba las sillas sobre las mesas para empezar su tarea de barrer el piso. El reloj de la torre del ayuntamiento dio las once, y el carrusel dormía en las sombras de la plaza cerrado con una cortina de lona.

Volvieron a despedirse. Pero antes se prometieron que se encontrarían de nuevo aquí diez años después, a las cinco de la tarde en esta misma fecha. El tiempo avanza, y a medida que avanza corre más de prisa. De manera que los plazos se acortan. No podían prometerse tanto como otros veinte años.

7.

El día en que se cumplió el plazo para la segunda cita, Sara y Claudia llegaron al mismo tiempo a la puerta del café. Ahora no hubo efusiones. Claudia ahogó un chillido que quiso ser risa. Se miraron, como midiéndose, como si se tuvieran desconfianza. Pero sólo era desconfianza con el tiempo que las había cambiado más de lo que imaginaban.

El tic que obligaba a Sara a fruncir la boca semejaba ahora una mueca de dolor. Había algo de acartonado en su figura. Traía un turbante y sus cejas aparecían borradas. Lo único suyo de recordar eran los lentes atados de la cadena dorada, que no habían cambiado de modelo. Tras ellos, sus ojos, más que tristes, eran unos ojos asombrados. Claudia había ganado todavía más peso y parecía aún de menor estatura que la vez anterior. Su apariencia no era ya mediocre, sino ridícula. Las canas no concordaban con ella. Envejecía con comicidad. Pero en sus gruesos lentes no había nada cómico, o tal vez sí lo había. Se esforzaba por mirar detrás de ellos, y eso hacía que la falsa apariencia de desconfianza mutua, en ella, fuera mayor.

Encontraron la mesa de siempre ocupada por una pareja de novios, pero ya pagaban para irse. El camarero que apenas habría nacido cuando ellas se despidieron la primera vez se acercó a limpiar la mesa.

Claudia dijo que esperaría a que llegara Gabriela para ordenar su vodka tónico. Sara ordenó de una vez su café expreso. El reloj de la torre del ayuntamiento marcaba las cinco y cuarto. Cuando Sara terminó su café había pasado otro cuarto de hora. Se miraron. Era imposible saber lo que habría pasado con Gabriela, porque la regla de no comunicarse nunca mientras corría el plazo había quedado vigente.

El camarero se acercó llevando un sobre. Dijo que aquel sobre había llegado por el correo una semana atrás, consignado al café, y que si serían ellas las personas a las que aludía la nota que venía escrita a mano encima: «Entregar a las dos mujeres que a las cinco de la tarde del día [aquí el día] se sentarán en la mesa al lado de la ventana que mira a la plaza». Dijeron que sí, eran ellas.

Sara preguntó a Claudia si estaría de acuerdo en que leyeran por último el mensaje de la ausente, cuando ambas hubieran hecho sus confesiones. Claudia estuvo de acuerdo, y pidió su vodka tónico.

8.

Empezó Sara, como la vez anterior. Contó que padecía de un cáncer mamario. Le habían quitado los dos pechos, por lo que usaba un brassier con relleno de silicón. La «quimio» le había hecho perder las cejas y el pelo. Se quitó el turbante y mostró la cabeza desnuda. Seguía todavía con la «quimio», no sabía hasta cuándo. También le aplicaban radiaciones. Decía «quimio», al referirse a la quimioterapia, en tono tal vez cariñoso, pero con cierto desdén. Me dejaron plana, niña, dijo, como cuando tenía diez años. Como te imaginarás, dijo, he perdido el apetito por los amores, sin mis pechos no soy nada. Una repulsiva. Además, huelo de lejos a chamusquina, tengo el aliento de yodo.

Los hijos hace tiempo se habían ido lejos, Anselmito, Marisabel. El ingeniero civil se había vuelto cada vez más aburrido. Creo, dijo, que lo único que ha venido a interrumpir el aburrimiento que reina en mi casa es mi enfermedad, este cáncer. Este cáncer, dijo, y se llevó las manos a los pechos de silicón.

9.

Claudia la mujer feliz dijo que su única novedad era que le habían diagnosticado azúcar. Se dio cuenta porque la taza del inodoro se llenaba de hormigones, los orines de una diabética serán miel para ellos. Le hicieron exámenes de sangre, le hicieron un fondo de ojos, allí estaba ya el daño, un principio de glaucoma. Tengo prohibido el licor, dijo, y dio un sorbo apresurado a su vaso de vodka tónico. Los pastelitos, los dulces de toda clase, prohibidos. Tengo que andar en mi cartera el aparato para tomarme yo misma las muestras de sangre. Se me baja el azúcar, y me dan desmayos, se me sube, y se me nubla la vista. Y lo peor es el hambre, esta enfermedad da mucha hambre. Ya ves, estoy hecha una cerda de gorda.

10.

Sara abrió su cartera. Dentro de la cartera traía el librito de madre Yolanda, la prefecta, en el que explicaba por qué cantan los pájaros. Claudia lo reconoció de inmediato. Lo tomó entre sus manos, estuvo acariciándolo. Cómo fui a perderlo, dijo. Me pareció que les iba a gustar a las dos verlo de nuevo, dijo Sara. Sí, dijo Claudia, te agradezco, si vieras todos los recuerdos que se me vienen. Madre Yolanda, aquellas imitaciones que hacía de los cantos de los pájaros, poniéndose las manos viejas en la boca y moviéndolas de diferentes maneras, la admiración de nosotras, las risas. Es el día y sigo sin acordarme por qué razón es que cantan los pájaros, o tal vez no es que lo olvidé, sino que nunca puse atención a sus conferencias, ni tampoco habré leído el libro. Me gusta que te guste, dijo Sara, y el tic provocó aquella mueca de su boca. Una mueca cruel en aquel rostro pálido, de cejas borradas bajo el turbante.

11.

¿Sabes qué?, dijo Claudia. ¿Y si dejamos sin abrir el sobre? No, dijo Sara. Venimos aquí para saber qué ha sido de nuestras vidas. Sí, dijo Claudia, pero ella faltó a la cita. Sara dudó. Pero sin esperar más, rasgó el sobre.

Adentro lo que venía era una foto de bodas tomada en un estudio. Una foto divertida, la foto de dos personas mayores disfrazadas de novios. Gabriela, vestida de velo y corona, al lado el novio vestido de chaqué. En el reverso había algo escrito a mano.

Espera, dijo Claudia cerrando los ojos. Puedo adivinar. El novio es aquel famoso hombre casado. Era el hombre casado. Gabriela escribía que con mucho dolor tenía que romper la promesa, pero la fecha de la cita había coincidido con su boda, Mario Alberto había vuelto a ella por sus propios pasos ya debidamente divorciado, se preparaba a ser feliz en su nueva vida matrimonial al lado del hombre al que siempre había querido, dejaba atrás su pasado, volverían juntos a pisar nubes, no se rían por favor, siempre baila divino, y les mandaba esta foto momentos antes de dirigirse al aeropuerto para abordar el avión que los llevaría en su viaje de luna de miel, tarda la felicidad pero llega, y ante la pregunta que me hubieran hecho acerca de si soy feliz, la respuesta es positiva, soy feliz, chao.

12.

Antes de despedirse reflexionaron acerca de si valía la pena citarse de nuevo quedando sólo dos. Resolvieron que valía la pena. Pero el tiempo corría mucha más prisa que antes. De manera que redujeron el plazo a cinco años. Mucho, dijo Sara, pero en fin. Claudia pidió prestado el libro a Sara hasta el siguiente encuentro. Tenía esa curiosidad sobre la razón del canto de los pájaros. Se levantaron, fueron juntas hasta la puerta, y allí se separaron.

Sara subió a un taxi. Claudia atravesó la plaza. El carrusel no estaba.

13.

Pasó el tiempo, que ahora volaba. Se cumplió el plazo de los cinco años. La torre del ayuntamiento se hallaba en obras y habían desmontado el reloj, de manera que no se oyeron sonar aquel día las campanadas de las cinco de la tarde.

Claudia llegó en punto. Caminar no era fácil para ella, de modo que se acercó con dificultad a la mesa. Le faltaban los dedos del pie izquierdo, culpa de la gangrena. El glaucoma avanzaba. El camarero que apenas habría nacido cuando la primera despedida ya no existía, y otro, un rubio que apenas salía de la adolescencia, se apresuró para ayudarla a sentarse.

Traía consigo el ejemplar del libro que debía devolver, y lo puso frente a ella. Dijo que quería un vodka tónico. ¿Con mucho hielo o con poco hielo? Poco hielo, dijo. Sus ojos, perplejos, miraban tras los lentes turbios de tan gruesos.

Apartó la miniatura de sombrilla japonesa, tomó el vaso con las dos manos, y se lo llevó a los labios con miedo de derramarlo. Preguntó la hora y el camarero dijo que las seis. ¿Tan tarde se había hecho ya?

A las siete Sara no había llegado. A las ocho se acercó el camarero para preguntarle si no se le ofrecía nada más. Fuera del primer sorbo no había vuelto a probar la bebida y el hielo se había deshecho en el vaso. ¿Otro vodka tónico? Dijo que no, y a su vez preguntó si no había algún sobre para ella. Alguna carta. El camarero se mostró extrañado. No. Ninguna carta, señora.

Lo oyó alejarse. Acercó las manos al libro que había traído para devolver. Seguía sin recordar las razones que daba la prefecta para explicar por qué cantaban los pájaros.

¿Por qué cantan los pájaros? ¿Habría alguna razón para que cantaran?

BALLENA

Megaptera novaeangliae

La ballena jorobada, o yubarta, una de las especies de *Misticetos* más conocidas, vive en grupos. En su repertorio de comportamientos se hallan los saltos espectaculares y los golpes sobre el agua con las aletas pectoral y caudal. Sus aletas pectorales llegan a medir cuatro metros y son las más largas entre todos los cetáceos. Migran cada año desde sus áreas de reproducción, en las zonas marinas tropicales, a las áreas de alimentación, en el Ártico o en el Antártico. Son conocidas por sus extraños cantos de hasta treinta minutos de duración. Se desplazan a una velocidad media de veinticinco nudos marinos por hora.

Mañana de domingo

A Jaime Incer y Germán Romero

La ballena brotó de las aguas con un gemido y quedó flotando sin ánimo, como a la deriva. Luego escoró hacia estribor y con extraña quietud traspasó la rompiente después de lanzar al cielo un chorro muy alto que se deshizo en una brisa irisada, y fue a encallar cerca de la boca del estero. Eran las diez de la mañana, según la altura del sol que brillaba con la luz blanca de una barra de plomo al fundirse, y era domingo.

Tendida ahora en la arena, casi de costado, la piel gris parecía de hule, y el vientre del color del tocino crudo. La cabeza venía incrustada de parásitos de mar y de crustáceos, como flores de piedra. Olía mal, con un olor salino de descomposición en ciernes, y un ramaje de algas que había arrastrado consigo brotaba de la costura de su boca.

Sus ojos parpadeaban a veces, cuando también había un estremecimiento de sus enormes aletas pectorales. Parecía un barco castigado por la tormenta, con los palos del velamen descuajados y aventados lejos.

Del otro lado del estero la divisó llegar un muchacho que remendaba una red sentado en la mura de un bote. Cualquiera hubiera dicho que la red que iba pasando entre sus manos mientras daba las puntadas con una agujeta era un velo de novia, si no fuera por los plomos repartidos en sus bordes.

El bote se hallaba varado en la arena sobre unos troncos que servían de rodelas cuando era empujado hacia el oleaje para la faena. Doscientas brazas adentro, más allá de la rompiente, se pescaban pargos de buen peso y muchas veces corvinas si se salía con la aurora. Los colores en que estaba pintado, tal vez azul, tal vez verde, se habían desvaído de tanto sol y tanto salitre.

El muchacho, largo de piernas como una garza, no perdió tiempo y andando a zancadas fue a llamar al padre, y tras el padre se agruparon en la puerta del rancho forrado de latas y tablas dos mujeres y una niña. La niña tenía una nube en un ojo, el ojo izquierdo, y por eso al mirar parecía suplicar.

En una sarta sostenida por dos varas se secaban unos cuantos bagres abiertos en canal que también hedían, y tuvieron que agacharse debajo de la sarta para bajar hacia la costa, armados de machetes y cuchillos de destripar pescados. Una de las mujeres, a falta de otra cosa, traía un chuzo de apurar bueyes.

Progresaba el reflujo de la marea y atravesaron con los pies descalzos la corriente del estero que con un débil estremecimiento se abría paso en un tajo de la arena hacia la rompiente.

Contemplaron de cerca al animal como si fuera ya suyo, lo midieron luego con sus pasos, y por fin se sentaron en la saliente de una roca a esperar bajo la resolana a que la ballena acabara de morir, nerviosos sin embargo de que alguien más pudiera presentarse a disputarles la presa.

Tenían razón en su inquietud. Antes del mediodía la costa se fue llenando de un gentío silencioso que hervía sobre la arena y sobre los promontorios de las rocas como una procesión de cangrejos. Llegaban con más machetes, picas y hachas, y con baldes plásticos, bidones, sacos y canastos.

Algunos iban desnudos de la cintura para arriba, otros llevaban viejos pantalones cortados en hilachas a la altura de los muslos. Uno llevaba una chaqueta camuflada, abierta por toda la barriga, y otro unas botas militares, sin cordones, metidas en los pies desnudos. Había mujeres que traían gorras y camisetas de propaganda electoral, y toallas debajo de los sombreros de palma para mejor abrigarse del sol.

Los llegados de primero, el padre del muchacho y los demás del rancho, incluida la niña de la nube en el ojo, defendían sus lugares pero ya no contaban para nada. La mujer del chuzo lo clavó con decepción en la arena.

Sería la una cuando asomó por la costa un jeep que parecía reverberar en la distancia, y como si en lugar de avanzar se alejara hasta disolverse en la bruma. Atravesó por fin el estero levantando una cortina de agua y se estacionó a espaldas del gentío, que ahora era más grueso, quizás el doble.

Venía al volante un delegado del Marena, a su lado una periodista de televisión, y atrás el camarógrafo, que no perdió tiempo en saltar con la cámara en el hombro para correr hacia la ballena. Hizo numerosas tomas y luego giró sobre sí mismo, sin quitar el ojo del visor, para enfocar a la multitud.

La periodista, morena y pequeña de estatura, con anteojos de miope, se llamaba Lucía. Ajustó el emblema del canal al micrófono, y acompañada del camarógrafo siguió al delegado del Marena, que se había metido entre la gente. El delegado se llamaba Richard, y era un pelirrojo de aire enérgico, con marcas de viruela en la cara. Llevaba lentes de sol, pantalones color caqui, y el teléfono celular a la cintura.

De inmediato empezó a hacer preguntas: si alguien había visto llegar a la ballena, y en tal caso, qué rumbo traía, y cómo había encallado. El único que lo sabía era el muchacho, pero su padre el pescador le hizo señales enérgicas de callarse. Los demás siguieron con la vista obstinada puesta en la ballena.

Richard alzó los hombros, como si no le importara, y mejor decidió acercarse a examinar la ballena mientras el camarógrafo lo filmaba. Fue un examen minucioso. Luego la recorrió a lo largo, y en una pequeña libreta que sacó del bolsillo de la camisa hizo las correspondientes anotaciones.

Lucía le pidió que se pusiera de espaldas a la ballena para entrevistarlo. La gente allí congregada no prestó la menor atención a la entrevista, y tampoco hubo curiosos que corrieran a situarse detrás para salir en el cuadro, ni siquiera los niños, que había no pocos niños entre la multitud.

Los ruidos de la rompiente llegaban sosegados al micrófono, y así mismo la música de una roconola que se acercaba a ratos desde las ramadas del balneario a un kilómetro de allí, hacia el sur, pero que lo mismo desaparecía como si fuera empujada hacia atrás por el viento.

Richard declaró frente a la cámara que entre los meses de junio y septiembre, estábamos en agosto, las ballenas pertenecientes a la especie de la aquí presente viajaban unos ocho mil kilómetros desde el Antártico rumbo a las aguas cálidas del Pacífico con el objeto de alumbrar o aparearse; pero no solían llegar sino hasta Bahía de Solano, en Colombia, por lo que resultaba raro que alguna de ellas se aventurara tan lejos, y sobre todo sin ninguna compañía, pues solían desplazarse en manadas.

Lucía quiso saber a qué clase de especie se refería. Richard respondió que se trataba de una ballena yubarta o ballena jorobada, llamada así porque arquea el lomo antes de sumergirse. Ella preguntó entonces: ¿se puede saber cuánto mide y cuánto pesa este ejemplar? Mide unos quince metros de largo, Lucía, y puede ser que su peso sea no menor de cuarenta toneladas, o sea ochocientos quintales, respondió, pulsando su calculadora.

Lucía preguntaba ahora a qué atribuía que la ballena hubiera llegado hasta aquí sola, si acaso tenía eso que ver algo con el hueco de la capa de ozono que estaba calentando los mares. El delegado respondió que no podía descartarse. ¿Y con la corriente del Niño? Tampoco podía descartarse.

Luego ella preguntó: ¿había encallado por accidente, o es que se hallaba enferma de algún mal? Era evidente que se trataba de una ballena moribunda. ¿De qué estará enferma? Habría que hacer los análisis correspondientes a la hora de practicar la autopsia, por lo tanto recomiendo a todas las personas presentes abstenerse en todo momento de tocar la carne de esta ballena, dijo, alzando intencionalmente la voz.

Los presentes no se inmutaron. Seguían vigilando, seguían en silencio, y su número seguía creciendo. Habría ya un millar. En ese momento, como inquietada por un mal sueño, la ballena sacudió la cola hendida, abierta en dos alas. Es la aleta caudal, que en esta especie alcanza grandes proporciones, declaró el delegado.

Venían llegando más camarógrafos, periodistas de radio, fotógrafos. Llegaban también curiosos, en motocicletas y más jeeps, y aun en carros que se atrevieron a bajar a la costa y atravesar la corriente del estero, a riesgo de quedar atollados en la arena. Muchos se acercaban desde las casas de descanso, en motos de playa, y a pie desde los restaurantes, cantinas y ramadas del balneario.

Los que esperaban no se mostraron para nada conformes con aquella invasión, y menos aún cuando se presentó a bordo de un camión de barandas un contingente de policías que saltaron de la plataforma armados de fusiles Aka y pecheras llenas de municiones. Venían al mando de un inspector que viajaba en la cabina. Los policías se referían a él como el inspector Quijano al solicitarle órdenes, y sus órdenes fueron las de aislar a la ballena por medio de una cinta amarilla, de las que se utilizan en el lugar de un crimen.

Los policías, en actitud diligente, se dispusieron a cumplir las instrucciones, pero entonces comenzó un forcejeo porque nadie quería retroceder. La mujer del chuzo lo blandió como una lanza para amenazar a uno de los policías, otras gritaron insultos, y el inspector Quijano les ordenó entonces retroceder porque las cámaras estaban filmando el incidente.

La ballena movió en ese momento las aletas pectorales, estrechándolas contra el cuerpo como si tuviera frío y quisiera cubrirse con ellas. Luego tuvo un vómito. Fue una copiosa bocanada de peces enteros, arenques, caballas y sardinas.

El gentío corrió a arrebatarse los peces sin hacer caso a las voces del delegado advirtiendo que era comida tóxica porque estaban muertos, y la trifulca no se deshizo hasta que no quedó uno solo sobre la arena. El inspector Quijano se acercó a presenciar la escena a paso lento y movió con desconsuelo la cabeza, pero nada más.

Entre las personas venidas del balneario vecino, donde acababan de almorzar, se hallaban dos amigos de toda la vida, el doctor Incer, biólogo, geógrafo y astrónomo, y el doctor Romero, historiador y antropólogo. No parecían veraneantes ni nada por el estilo, y más bien daban la impresión de hallarse extraviados.

Lucía descubrió al doctor Incer, que observaba la ballena un tanto de lejos, valiéndose de sus habituales binoculares, y se acercó con su camarógrafo para entrevistarlo. Tras ella vinieron todos los demás periodistas y camarógrafos, y ya había cierta tensión provocada por la competencia, porque se empujaban entre ellos.

El doctor Incer empezó manifestando ante las cámaras su emoción al observar por primera vez un fenómeno de esta naturaleza, un cetáceo anclado en nuestras costas de aguas cálidas. Hablaba como el buen conferencista que era. Entre otras cosas informó que la ballena yubarta, o jorobada, debía su nombre científico de *Megaptera novaeangliae* al sabio Fabricius, quien se lo había dado en 1780.

¿Qué quiere decir eso en español, doctor?, se oyó preguntar a Lucía. Significaba «Gran Aleta de Nueva Inglaterra», por las formidables aletas pectorales de esta especie, avistada por primera vez en las cercanías de Nantucket, Nueva Inglaterra.

—Que es el puerto de donde salió el capitán Ahab para dar caza a Moby Dick, la ballena blanca —dijo el doctor Romero; pero ninguna de las cámaras, ni tampoco ninguno de los micrófonos, se volvió hacia él.

El doctor Incer, por tanto, siguió declarando. Declaró que la especie yubarta es muy vocal y puede crear una amplia variedad de sonidos, hilados para formar frases repetidas en serie. Es lo que puede llamarse en términos técnicos una canción. Esas canciones pueden durar de cinco a treinta y cinco minutos y llegan a veces a repetirse sin interrupción por varias horas.

¿Se fijó que esta ballena vomitó una gran cantidad de pescados muertos?, preguntó Lucía. Es porque se alimentan a lo largo de su ruta de una amplia variedad de especies, y para eso tienen en la boca una suerte de peine de pelos rígidos con el que filtran el agua de mar al tragar sus presas, respondió el doctor Incer.

Según el delegado del Marena pesa ochocientos quintales, dijo Lucía, y porque la empujaban desde atrás, parecía a punto de meter el micrófono en la boca del entrevistado. Puede ser, respondió el doctor Incer, aún hay ejemplares de peso mayor. ¿Rinde una buena cantidad de carne entonces? Los cetáceos tienen carne abundante y de buen sabor, aunque bastante grasosa.

¿Cuánto tiempo tardará en morir?, preguntó desde atrás otro de los periodistas. No se puede saber, pero pueden ser días, tal vez semanas, respondió el doctor Incer. De esta ballena puede comer toda una población de gente, como esa que está ahora rodeándola, afirmó el mismo periodista. Sería una crueldad matarla, y más bien las autoridades deben protegerla mientras puede ser remolcada por un barco especializado hasta la estación de biología marina más cercana, dijo el doctor Incer.

¿Y dónde hay una estación de ésas?, preguntó Lucía. En San Diego, California, yo la he visitado. Será tarea imposible, doctor, lo que es esta gente ya se la habrá comido antes de que logren remolcarla, dijo otro más. El doctor Incer calló, y frunció el entrecejo. Es cierto que en ese momento lo ofendía el fulgor del sol de las tres de la tarde, pero tenía un tic nervioso, que era precisamente el de fruncir el entrecejo.

Además, según el delegado la ballena está enferma, dijo Lucía. Mayor razón para dejarla en paz, dijo el doctor Romero, pero tampoco ahora ni ella ni ninguno de los otros periodistas le hizo caso. ¿Para qué sirve además un animal tan grande como éste si no es para dar carne?, preguntó otro de los periodistas que ahora se había adelantado y lograba apartar a Lucía.

Para los más diversos usos, se apresuró en responder el doctor Incer: su grasa para fabricar candelas y también para freír alimentos, sus huesos y cartílagos para corsés, hilo de sutura, látigos de cochero, varillas de paraguas y cuerdas de piano, su piel para parches de tambor, y el ámbar gris, que se encuentra en sus vísceras, como base de perfumes y cosméticos femeninos.

El ámbar gris ha servido siempre, desde la más remota antigüedad, como un potente afrodisíaco, dijo el doctor Romero. Seguía sin poder cautivar a la audiencia, pero siendo como era un hombre irónico, se reía para sí mismo.

Ahora muchos de esos materiales son sintéticos, dijo otro. En efecto, algunas invenciones modernas han sustituido esos productos, respondió el doctor Incer, como es el caso de las candelas, que ya no se fabrican de sebo animal sino de parafina, aunque otros continúan necesitándose, y por eso los barcos balleneros siguen persiguiéndolas como antaño por todos los mares de la Tierra, y peor hoy día, porque cuentan con la ayuda de los satélites.

—Imagínense si en tiempos del capitán Ahab el *Pequod* hubiera estado equipado con rastreadores electrónicos —dijo el doctor Romero—; las ballenas no quedarían ni en el recuerdo.

El doctor Incer era objeto de entrevistas cada vez que se producía un huracán, una erupción o algún fenómeno famoso, como había ocurrido con la aparición del cometa Halley en 1986; en el caso de las lluvias de estrellas fugaces, como había sido con los meteoros Oriónidas dos años atrás; o cuando el planeta Marte se acercaba a la Tierra, como había sido el caso aquel mismo mes. En cambio, el doctor Romero, titulado en la Sorbona y merecedor de las Palmas Académicas de Francia, había escrito los más importantes libros sobre la historia de Nicaragua en el siglo XVIII, pero ninguno de los periodistas conocía esas obras.

Así que mientras seguían lloviendo las preguntas sobre la cabeza del doctor Incer, el doctor Romero abandonó su empeño de hacerse oír, y se dedicó con mayor provecho a observar lo que seguía ocurriendo en la playa.

Por esa razón fue él quien presenció el momento cuando, uno primero y otro después, dos hombres subieron al lomo de la ballena desde el lado de la cola, y luego, como si fueran equilibristas, los brazos abiertos en cruz, avanzaron sobre la piel resbalosa hasta alcanzar la cabeza.

El primero llevaba una barra de excavar pozos que usaba a manera de pértiga. El otro, un balde de plástico rojo en una mano, y en la otra una pica de pedrero.

El doctor Romero se los señaló a los periodistas, que al fin lo atendieron, y entonces corrieron en desorden hacia la playa, los camarógrafos adelante. El inspector, con la pistola de reglamento en alto, ordenaba a los dos que se habían subido al lomo de la ballena que bajaran inmediatamente. El delegado del Marena venía corriendo al encuentro de los periodistas, como en demanda de auxilio.

En lugar de obedecer, el hombre de la barra la alzó con fuerza para descargarla sobre la cabeza de la ballena, que al golpe se cobijó aún más estrechamente con las aletas pectorales. Y cantó. No había nada de armónico en aquel canto, era una especie de mugido, largo y profundo.

—Las ballenas siempre viajan en cortejo, y seguramente estará llamando a alguien de su especie —dijo el doctor Incer.

—Es una hembra —dijo el delegado, que había llegado junto a ellos—, y puede ser que esté preñada.

—Entonces está llamando a su macho —dijo el doctor Incer.

Había ahora más personas subidas al lomo de la ballena. Las mujeres se apretujaban a su alrededor, con los baldes en alto, para recibir los primeros tasajos de carne. El inspector terminó por enfundar su pistola.

Los policías avanzaban y retrocedían, confundidos en la marea humana, y sólo se veían sus gorras y el cañón de sus fusiles. Algunos lo que hacían era escapar del tumulto. Se veía, además, el chuzo de aquella mujer, la primera en llegar, enarbolado por encima de las cabezas con un trozo de carne ensartado en la punta.

La multitud trabajaba a golpes y desgarrones el lomo de la ballena, los costados, las aletas pectorales, la parte visible del vientre. Pronto le habían cercenado la cola hendida, y sólo quedaba en su lugar un muñón sangrante.

Al rato, los dos científicos y el delegado vieron pasar al pescador que ayudado por el muchacho flaco como una garza, su hijo, llevaba cargando un buen trozo de una de las aletas pectorales. Delante de ellos iba la niña de la nube en el ojo, que aunque sonreía feliz parecía mirar con angustia.

La mayoría de los curiosos había vuelto a sus vehículos para irse, y la multitud alrededor de la ballena disminuía, porque cada quien que llenaba sus baldes y sus sacos iba desapareciendo. Muchos se alejaban por la costa en parejas, seguidos de sus niños, los hombres con los sacos de carne al hombro y las mujeres con los baldes y canastos rebosantes en la cabeza. Iban despacio, conversando amenamente. Los policías subían al camión, algunos cargando algún tasajo dentro de las gorras, o amarrado con el fajín.

Contra el sol poniente lo que se veía ahora era el costillar de la ballena, como las cuadernas de un barco abandonado a la destrucción y al olvido. Algunos medraban todavía entre los despojos, recogiendo lo que aún podían, mientras la marea iba lavando la sangre extendida en un manto sobre la arena.

Ya nadie filmó esas últimas escenas, porque no quedaba ningún camarógrafo. Lucía se había ido, todos los periodistas se habían ido. El inspector Quijano se bajó de la cabina del camión y se acercó a pedir un cigarrillo al delegado del Marena, que se lo encendió, defendiendo de la brisa la llama del chispero.

—Esa carne no es apta para el consumo humano —dijo el delegado al guardarse el chispero en el bolsillo.

—Todo esto es consecuencia del hambre que sufre nuestro pueblo —dijo el inspector Quijano, que había sido guerrillero.

—La ballena es como el país —dijo el doctor Romero con leve sonrisa—. Sólo quedan los despojos.

—Me pregunto cuánto habrá durado viva mientras la carneaban —dijo el doctor Incer.

En ese momento repicó el celular del delegado, que se apartó a contestar. Le estaban solicitando informes de lo sucedido, y él los estaba dando.

CARPA

Cyprinus carpius

Pez de cuerpo robusto, pesado y comprimido lateralmente, de escamas grandes y vientre blancuzco. Su coloración es pardo-verdosa, con reflejos dorados y azulados. Tiene boca pequeña, con un par de barbillas cortas, y dientes en tres filas. Es originaria de una estrecha franja que comprende el mar Negro, el mar Caspio y la región del Turquestán. Vive en ambientes fangosos y soporta bajas concentraciones de oxígeno y temperaturas muy altas.

El día que habló la carpa

¿Sabe usted lo que es gentil? No, nada tiene que ver eso con buenos modales ni pase usted señorita, ladies first, gentil quiere decir el que no es judío, tan simple como eso. ¿Y un alien? Un alien es un extranjero de mierda, un candidato a indeseable si descubren que no tenés tus papeles en la bolsa. ¿Y la migra? La migra es la migra que te busca como aguja en un pajar para ponerte las chachas y deportarte. ¿Un deportado? Ni falta hace que lo explique, un deportado aquí lo tienen de cuerpo presente, a sus muy gratas órdenes. Me das entonces mi cerveza, mi reina, de las del fondo de la hielera, porfa.

¿Y kosher? Cuando los alimentos que los judíos se van a comer son aprobados por el respectivo rabino, ésos son alimentos kosher, que el pollo haya sido colgado de cabeza hasta quedar bien desangrado, blanco como el papel, y si pusiste juntos en la refrigeradora la leche con la carne, te jodiste, según esas leyes carne y leche quedan contaminadas, y nada de cerdo, cero, no pueden verlo al cerdo ni en pintura, a la pescadería de que les voy a hablar llegaba semanalmente el rabino Abraham Spitz, que olía de lejos a cuero mojado y a saliva en conserva, a inspeccionar que todo fuera kosher, de acuerdo con la ley sagrada.

¿Y el Purim? El Purim es el carnaval de ellos, con esto ya voy terminando mi lista, me pasa la sal, por favor, no sé, toda la vida le he puesto sal a la cerveza, costumbres, qué se va a hacer, sólo las vacas tragan sal, decía mi santa madre que de Dios goce, si uno hiciera caso. En el Purim

lo que celebran es que la reina Esther salvó de una degollina a los judíos que vivían en Persia, donde reinaba su poderoso marido Asuero, calculen lo poderoso que sería ese
rey que sus dominios iban desde la India hasta Etiopía, si
me prestaran un mapamundi les daría una idea, claro, quién
piensa en mapas en una cantina, es verdad, ni que fuera escuela, pero bueno, todos los platos y las copas en el palacio
de Asuero eran de oro macizo, su bacinilla, lo mismo, con
eso vayan haciéndose una idea de su grandeza.

Pasó entonces que un tal Asán, que era como el
jefe de la policía secreta de Persia, le había cogido ojeriza a
los judíos, y quería hacer una degollina con todos ellos,
pero viene y se da cuenta Mardoqueo, el rabino encargado
de controlar que no se comiera cerdo y se desangraran bien
los pollos, y, sofocado, corre a contarle a la reina Esther lo
que se tramaba, había recogido a Esther siendo ella huerfa-
nita, la había criado, por eso la confianza, entonces, en su
desesperación, cogió valor Esther y se fue a buscar al rey,
no era tan fácil, ella en su harén y Asuero aparte, así era
la costumbre dichosa, el rey llegaba una noche y escogía a la
que quería del harén, a la reina sólo la escogía ciertas noches pero ella debía conformarse, y para poder verlo en el
día necesitaba pedir audiencia, la hizo pasar a donde estaba él en su trono, y lo primero que hizo fue caer de rodillas
y revelarle entre llantos su secreto, el secreto de que era
judía, y después le pidió que detuviera la mano de aquel
Asán carnicero, que se lo suplicaba en vista del amor que él
le tenía, y que si no le tenía ningún amor entonces quería
ser la primera en ser sacrificada, y le entregó un cuchillo
para que la degollara inmediatamente, pero el rey, cómo se
te ocurre, Esther, cómo se te cruza semejante iniquidad
por la cabeza, jamás tocaría una hebra de tu cabello, y los
de tu raza que se estén tranquilos, pasan primero sobre mi
cadáver, y decide tú lo que bien quieras hacer, y diciendo

esto le entregó el cetro real, lo que significaba que ella, por tener el cetro en la mano, podía dar las órdenes que se le antojaran, y ordenó, pues, que agarraran preso a Asán, que lo ahorcaran junto con todos sus secuaces, y que allí quedaran colgados los cuerpos en escarmiento, vean qué cojones de mujer, no quisiera yo caer en semejantes manos.

Nada de que me estoy yendo por las ramas, mi estimado, ya van a ver que son necesarias estas explicaciones para llegar a donde quiero llegar. Por la felicidad de que se salvaron esa vez es que inventaron los judíos la fiesta del Purim que dura tres días, todo es entonces charanga y panderetas, salen a las calles disfrazados de lo que se les ocurre, de odaliscas los hombres, de mandarines chinos las mujeres, andan lobos a montón, corderos, pastoras, el muñeco asesino Chucky, el gato Garfield, docenas de pato Donald, van máscaras de Bush, va también Clinton, está permitido el licor, hagan de cuenta la procesión de San Jerónimo doctor aquí en Masaya, sólo que, claro, allá se ven los reales, los disfraces son lujosos, los licores finos, y en los brindis en las calles el gusto es echar pestes contra Asán, igualito que para nosotros Judas Iscariote colgado en efigie de la rama más alta el Sábado de Gloria, hasta comen los niños unos dulces de mazapán en forma de oreja, llamados «orejas de Asán», y bueno, gracias por la paciencia, con paciencia y saliva, decía mi abuelita, un elefante se la metió a una hormiga, aquí llegamos por fin a la ansiada meta, fue en uno de esos días de jolgorio del Purim cuando me habló la carpa. ¿Carpa? Carpa es un pescado de los que están autorizados como alimento puro por los rabinos, no ninguna carpa de circo, un pescado grande como un mero, imagínense un mero. No sé si quieren que siga. Otra bichita entonces, siempre de las de abajo, corazón, please.

La carpa, distinguidos, no me habló sólo a mí, le habló también al dueño de la pescadería, mi patrón, que él sí era judío, un judío jasídico llamado Zelman Rosen, su familia había llegado de Lituania, país que queda por la puta grande, esa pescadería, The Happy Bait, está en el Fish Market de New Square, Estado de Nueva York, ya quisiera tener otro mapa para explicarles el sitio, acérquense y véanlo aquí al hombre en esta foto del periódico, el que está al lado de él es su seguro servidor, hombre de buen genio Zelman Rosen, y buen corazón, me había empleado sin papeles pero pagándome lo justo, no como otros que simplemente dicen «aceptas esta migaja de salario, you fucking bastard, o te denuncio a la migra». ¿Jasídico? No quiero enredarlos, mejor les traduzco más o menos lo que explica este otro periódico, jasídicos son los que creen que a Dios se le sirve mejor con la alegría, cantar, bailar, beber licor, coger a diestra y siniestra, nada de oraciones, ayunos, penitencias y esos mates, por eso Zelman Rosen caminaba siempre con un bailadito de hombros jacarandoso, pero allí en New Square domina otra secta, aquí está escrito también, gente que no entiende de bailes ni diversiones los de esa secta, enemigos del alcohol, no se apean el color negro, van siempre de sombrero, usan unos sacos hasta la rodilla hechos de tela de paraguas y les llegan al suelo las barbas, y no sólo eso, cogen con disgusto, por obligación, nada más con sus esposas, muy enemigos mortales de los jasídicos, no pueden ni verse.

Muy bien, amigo, no me atraso, voy al asunto de la carpa, pero me hace falta otra cervatana, mil gracias, no se aflijan, yo sé beber, mi regla es la moderación. Fue un 28 de enero, el termómetro bajo cero, no terminaba de amanecer, noches largas ésas, la nevada necia como si alguien hubiera roto una almohada de plumas, entré a la pescadería con mi propia llave, un empleado de toda confianza, todavía echando una nube de vapor por la boca me quité el anorak para colgarlo en el perchero, ¿anorak?, una chaqueta de caperuza, muy bien acolchada, y oí llegar desde la oficina el alegre canturreo de Zelman Rosen, ocupado en consultar facturas que sumaba en una calculadora de las antiguas, de esas con rodillo de papel, is it you, Louis?, me preguntó sin voltearse, llegaba siempre antes que yo, si yo me levantaba a las tres de la mañana para coger el bus, saquen cuenta a qué horas se levantaba él, ¿conocen algún judío que no sea perro al trabajo?, alegre y todo lo que quieran, pero comedido para gastar, su escritorio metálico, que ocupaba más de la mitad de la oficina, lo había comprado de tercera mano en un calachero, buen padre, buen esposo, debajo del vidrio tenía las fotos de sus once hijos, porque además de cantar y bailar, los jasídicos deben contentar a la mujer, ya les dije, así manda la ley del rabino Baal Shem Tov, fundador de la secta de los jasídicos.

Qué bueno que has llegado temprano, acaban de traer el pescado fresco, me dijo, sin alzar la mirada de sus papeles, y como estaba de espaldas enseñaba la coronilla, igual a la tonsura de un cura porque empezaba a quedarse calvo, palabras de más las de Zelman Rosen, yo llegaba siempre temprano, dejaba el radio despertador sintonizado en Onda Quisqueyana, que me despertaba con merengues religiosos, sí, merengues que en lugar de decir la letra ven pacá mi negra santa, dice aleluya el nombre del Señor, a esa hora transmiten un programa de la Iglesia de Jesucristo de los Santos de los Últimos Días, y ya después, mientras me iba vistiendo, venían los comentarios deportivos, cada vez que en un juego Sammy Sosa no bateaba ningún jonrón los locutores dominicanos se quejaban con voz lloricona como si estuvieran de luto por su madre, entonces los dejaba con su duelo y bajaba a la esquina para agarrar el bus que empieza la ruta en la estación anterior, Trinity Place, y por tanto va casi siempre vacío cuando llega a Mellow Street, que era mi parada, un bus iluminado como para dar una fiesta adentro, no, ya no me atraso más, shit, ahora sí reconozco que me estoy desperdigando.

Esa noche iba a celebrarse la cena del Purim, en la que ellos comen arvejas y habas fritas, o sea, frijoles, pero no puede faltar el gefilte-fish. ¿Gefilte-fish? Son unas albóndigas de pescado molido, con cebolla y pimienta, que quedan perfectas si se hacen de carpa, porque la carpa tiene la carne grasosa y así se exige que sean las albóndigas, mantecudas, y como la puerta de la pescadería no se iba a abrir sino hasta las siete, allí me tienen, saqué del depósito de los pescados frescos una hermosa carpa de veinte libras según el peso que dio en la balanza, y la puse sobre la mesa urdiendo mientras tanto esas divagaciones que la mente inventa si uno no tiene compañía, siento mucho doña carpa, pero el destino es así, y esto de terminar hecha albóndigas ya lo traía usted escrito en la frente, primero voy a tener que ejecutarla de un solo golpe en la cabeza con ese mazo de madera que está a su derecha, sorry, my dear, que no haya capucha para taparla como se hace en las ejecuciones legales, después voy a cortársela con el cuchillo descabezador, ese que ve allí entre los demás en su lugar en la pared, y que parece hacha, pero de eso no se preocupe porque nada va ya a sentir, habrá usted abandonado este valle de lágrimas, luego voy a quitarle las escamas con el raspador, y después a cortarla toda en filetes con ese otro cuchillo, el más grande y filoso colocado entre el descabezador y el raspador, y por fin voy a molerla en el molino de mano, porque los molinos eléctricos son impuros, espérense, ya voy llegando a lo inesperado pero mi galillo está seco, otra de las frías, entonces, no me vaya a decir, amigo, que le estoy saliendo caro.

Amárrense los cinturones que aquí viene. La carpa me dejó con el mazo en alto porque abrió la boca, como si bostezara, y empezó a gritar palabras en un idioma enrevesado que sólo después supe por Zelman Rosen que era hebreo antiguo, pero tampoco es que me haya entretenido en buscar cómo entender lo que me estaba diciendo, lo que se me ocurrió de pronto fue empezar a gritar yo también: ¡el diablo!, ¡el diablo!, ¡me lleva el diablo!, y salí en carrera buscando la puerta de la calle, pero tropecé con una caja de pargos congelados, me golpeé la cabeza contra uno de los mostradores al caer, y perdí el conocimiento.

Lo que pasó entonces es asunto que publicaron los periódicos, aquí están las declaraciones de Zelman Rosen, salió de la oficina, y antes de poder preguntar qué ocurría se quedó sin habla porque oyó a la carpa gritar: «Tzaruch shemirah!», que significa: «¡Prepárense, pecadores, porque el fin está cerca!», seguramente lo mismo que me había dicho a mí, y también le ordenó dejarse de bailes, cantos, libaciones, fornicaciones y demás jolgorios, y dedicarse más bien a rezar y a estudiar la Torah, que es como la Biblia de ellos, y entonces Zelman Rosen, trastornado, agarró el cuchillo descabezador abandonado por mí sobre la mesa y quiso clavárselo a la carpa, pero antes de poder hacerlo se hirió la mano, y en eso fue que yo desperté, saqué valor, volví a agarrar el mazo, y le di un golpe mortal en la cabeza a la hablantina que por fin se calló, y después que le había ayudado a Zelman Rosen a limpiar la herida y a vendarle la mano, me dijo: Louis, la vida sigue, ¿no es así?, mensaje claro, la carpa iba a empezar a venderse normalmente a la clientela cuando abriéramos la puerta, convertida en albóndigas.

Entró la primera clienta de la mañana, la propia mujer del rabino Abraham Spitz, al contrario de su marido, mujer lenguaraz, me ponía párrafo cada vez que llegaba por su pescado, y yo, de manera inocente le digo, bajando la voz: Frau Spitz, no se imagina lo que nos ha pasado, le echo el rollo, y ella, siempre tan parlanchina, cero palabra, cogió su envoltorio de gefilte-fish, pagó, y salió sin despedirse, aquí va a haber clavo, dije yo, y en efecto, no habían pasado ni diez minutos cuando estaba de vuelta trayendo a su marido el rabino, jefe de la otra secta, solemne con su gabán negro y su sombrero de fieltro, vamos a ver, repítame por favor, y yo, ya con algo de miedo, se lo repetí, pasó entonces con su esposa a la oficina, y luego salieron al rato los tres, Zelman Rosen más pálido que los pollos kosher desangrados, se fue el rabino con Frau Spitz, y Zelman Rosen me dice: qué has hecho, nunca hablamos de que era un secreto, dije yo, recemos cada uno a su Dios que no nos cueste caro, dijo, lo más barato será que quedemos en ridículo, y no tuvo tiempo ya de regresar a su oficina, entraban clientes en tumulto y querían saber lo que había dicho la carpa, después otros que ni eran clientes, y antes del mediodía los periodistas y los camarógrafos de televisión habían invadido la pescadería, pedían entrevistas conmigo y con Zelman Rosen, nos entrevistaron a su gusto, y luego anduvieron preguntando a la gente sus opiniones sobre el suceso, no había quien no hablara, se quedó corta la carpa, un alboroto de la gran madre, y para que vean cómo son los gringos que a todo le sacan jugo, una compañía que vende gefilte-fish enlatado empezó esa misma tarde con este eslogan en la tele: «Nuestros pescados hablan por sí mismos». Nadie puede hablar a garganta seca, creo que me voy a tomar la última, si no es molestia.

Aquí está, por ejemplo, en este recorte, Samuel Elkin, un cliente fijo de la pescadería, según su entender se trataba de una visitación mística, Dios se había revelado en forma de pescado para prevenir de los peligros de la guerra en Irak iniciada por un cristiano renacido que era el presidente Bush, y un gentil de la rama local de la Iglesia de la Ciencia Cristiana, Peter Tromble, esa misma a la que pertenece Tom Cruise, aquí está también, dijo que la carpa había hablado para anunciar al mundo que debe estar sobre aviso para la segunda venida de Cristo, la guerra en Irak era sólo la primera salva en la batalla de Armagedón, y no podían faltar los enemigos de los jasídicos, había que convertir el Purim en un acto piadoso, nada de francachelas, no sé si me van siguiendo como se debe, y otros nos trataron de exhibicionistas, que todo era una patraña copiada de un episodio de *Los Soprano* donde hay un pescado que habla, ni idea tenía yo.

A la madrugada del día siguiente, apenas me sintió entrar, Zelman Rosen vino a mi encuentro y me dijo que había pasado toda la noche meditando, no era posible que dos personas alucinaran al mismo tiempo, yo vi lo que vi y oí lo que oí, digan lo que digan, y además estoy convencido de que fuiste escogido para ser el primero en escuchar el mensaje precisamente porque no eres judío, y yo, me río, mal mensajero buscaron entonces, Mister Rosen, porque no entendí una sola palabra, y después de reírme me puse serio, lo que yo como católico sigo creyendo, le dije, es que quien habló es el diablo en persona metido dentro del pescado, y este lugar hay que rociarlo con agua bendita, no hizo caso, pero estaba en mi deber advertírselo.

Me iba haciendo famoso, me señalaban, me paraban en la calle, una foto, un autógrafo, no hay como la televisión para que conozcan tu cara. Y el último día del Purim, que es cuando sale a las calles el carnaval, voy a subirme al bus en mi esquina de siempre, ya puesto mi disfraz de oso polar, sólo que la cabeza la llevaba en la mano, ¿qué andaba haciendo en ese carnaval si no era yo de la fe de los judíos?, dirán ustedes, de acuerdo, pero Zelman Rosen me había pedido ser parte de la comparsa familiar, con su mujer y sus once hijos, él de cazador esquimal, la esposa y los hijos la familia del cazador esquimal, yo el oso polar, iba a subirme, pues, al bus, cuando en eso siento que me agarran del hombro, me vuelvo ya con la sonrisa puesta en la cara, otro admirador, pensé, pero qué, la migra en persona, tres agentes, sir, sus papeles, please, nacaradas conchas, nada de papeles, quítese el disfraz, me ordenan, no puedo, ¿por qué no puede?, debajo sólo ando en calzoncillos, y allá va el oso misterioso por la acera, esposado, you are quite famous, me dijo uno de los agentes, si no ha sido por la carpa que habla, jamás damos contigo, what business can have a fish with an alien, dijo el otro. Sí, pensé, ¿qué jodido tenía aquel pescado que meterse conmigo? Me van a ofrecer la última, ¿verdad?

CERDO

Porcus vulgaris

Mamífero artiodáctilo de la familia *Suidos.* Llamado también puerco, cochino y chancho. De cuerpo grueso, patas cortas provistas de cuatro dedos, cabeza grande, hocicos cilíndricos y caninos desarrollados, se le cría en piaras o en soledad para sacar provecho de su carne y cuero. Todas sus partes son comestibles, lomos y postas, perniles, patas y rodillas, intestinos, hígado, cabeza, riñones y sesos; la carne se destina también para embutidos, y con ella se prepara toda suerte de tamales. Su grasa, adherida al cuero, el tocino, proporciona la manteca; la piel frita y cortada en trozos da los chicharrones, y es apetecido, frito, el cartílago de la cola. Si el cuero se libra de ser comido, es muy apreciado para la fabricación de zapatos, maletines, carteras y cinturones. El pelo, muy duro (cerdas), se utiliza en la fabricación de cepillos.

Él dice la lucha, la herida venganza...

Víctima aciaga de tres feroces mordiscos causados en su humanidad por los colmillos de un cerdo, se encuentra recluido en el hospital general de Nuestra Señora de la Asunción de esta ciudad de Juigalpa el desafortunado ciudadano Ascensión Maravilla Raudales.

Según versión testifical rendida ante la autoridad policial por el propio herido, el hecho se registró al amanecer del sábado pasado cuando cumplía sus habituales trabajos de matarife en el destazadero de su propiedad, ubicado en el traspatio de su casa de habitación en el vecino poblado de Comalapa.

El cerdo, cebado por varios meses, se hallaba amarrado a un horcón en espera del momento de su sacrificio, y cuando Maravilla se acercó para proceder a amarrarlo de las patas y luego degollarlo, ya hirviendo en el fogón el agua con que iba a ser pelado, el cerdo dejó su actitud hasta entonces melancólica, reventó el mecate, y con la ferocidad propia de un perro de presa se le lanzó encima.

El desafortunado Maravilla intentó correr y dio voces en demanda de auxilio, pero el bruto agresor, poseído de ánimo que se diría vengativo, lo derribó al suelo y allí le causó los tres mordiscos: uno en los genitales, que por poco da cuenta de los testículos, otro en las carnosidades de una nalga, y el tercero en la tetilla izquierda.

Llegaron por fin las mujeres que en la cocina preparaban la masa de los nacatamales y el adobo de los chorizos, y armadas de palos lograron quitarle de encima al animal, que de su cuenta hubiera continuado en sus afanes de morderlo; fue entonces trasladado al centro de salud de la localidad, pero debido a lo delicado de los mordiscos, sobre todo el que recibió en los testículos causándole desgarramiento del saco seminal, se le remitió al nosocomio de esta cabecera departamental.

Mientras tanto el cerdo, aprovechando la confusión, huyó con destino desconocido.

El Nuevo Diario, diciembre 2003

ELEFANTE

Elephas maximus: elefante asiático
Loxodonta africana: elefante africano

Animales herbívoros, un elefante adulto puede comer hasta trescientos kilos de alimento por día. Su expectativa de vida es de ochenta años. El período de gestación de las hembras dura de veinte a veintidós meses. Los elefantes africanos son más grandes que los asiáticos, y sus orejas de mayor tamaño les permiten liberar calor en condiciones de altas temperaturas; otra diferencia es que los asiáticos no tienen colmillos de marfil. A pesar de los variados usos a que se les somete, nunca llegan a ser animales domésticos debido al largo período que dura su crecimiento hasta llegar a adultos, y a su temperamento sorpresivamente violento. La gran mayoría de los elefantes de los circos y parques de atracciones son hembras; por el contrario, los elefantes de guerra eran exclusivamente machos.

Duelos y quebrantos

Los elefantes llevan duelo por la muerte de sus pares y sufren su ausencia, según un estudio de bastantes años realizado por científicos de la Universidad de Sussex en el Parque Nacional de Amboseli, en Kenia.

El estudio, publicado en la revista *Biology Letters* de la Royal Society, y difundido por *The Times,* explica que los elefantes se acercan a los cuerpos sin vida de los suyos para tocarlos con sus trompas y pezuñas aunque lleven fallecidos mucho tiempo, o sus huesos se encuentren dispersos por el suelo. Ese gesto es comparado al de los humanos que se abrazan a los cadáveres de sus seres queridos, y los miman y besan como si pudieran hacerlos despertar.

Una de las investigadoras, la bióloga Karen McComb, afirmó que los elefantes se forman a menudo en procesión de duelo para marchar hacia el sitio donde yace el cuerpo de un pariente muerto. Una vez en presencia de los restos, alargan levemente las orejas, alzan las cabezas y se agitan como si percibieran de algún modo el sentido de su propia finitud.

Pero no sólo se conmueven ante sus propios muertos. También reaccionan de igual manera si se encuentran ante los restos de los elefantes de otras manadas desconocidas.

Los científicos autores del estudio entresacan el ejemplo de una familia de elefantes a la que siguieron durante catorce años, y que en determinado momento vio morir a una hembra del cortejo. Tras el deceso, los deudos partieron del lugar y una semana después, cuando estaban a unos veinte kilómetros de distancia, sin desviarse nunca del camino regresaron al sitio donde había quedado el cuerpo.

«Al llegar al lugar donde estaban los huesos, se detuvieron frente a ellos y luego los tocaron. Realmente hacían pensar que sabían quién era ella y que su desaparición del seno familiar significaba una pérdida irreparable», indica Cynthia Moss, otra de las investigadoras.

«Se quedan muy quietos —explica—, todo el grupo se muestra tenso y silencioso, y después se acercan a los huesos y los tocan con mucha delicadeza, a menudo el cráneo y los colmillos, y permanecen al lado durante un largo rato». El hecho de que recuerden con dolor es atribuido a su memoria, a su inteligencia, y a su don de animales sociables. «Me atrevo a decir que entienden el sentido de la muerte, y lo que significa», agrega.

El cerebro del elefante tiene más circunvoluciones lobulares que el cerebro humano, lo que indica una sustancial capacidad de almacenamiento de información. Esta memoria, de propiedades fotográficas, les sirve para reconocer e identificar uno a uno a sus congéneres. Pueden diferenciar entre más de doscientos individuos de su misma especie.

La memoria es el vínculo que mantiene unida a una comunidad tan cerrada, y les permite la defensa en grupo contra los predadores. La facultad de recordar es esencial así mismo para las hembras, pues dependen unas de otras para el cuidado de las crías, a las que entre todas tratan con ternura, y con humor. Les gastan bromas, como lanzarles agua con la trompa y tras ello hacerse las desentendidas mirando a otro lado. Para despertarlas cuando creen que han dormido suficiente, las tocan suavemente con la trompa.

Es la elefanta la que en épocas de sequía guía a toda la manada, porque gracias a su memoria conoce los mejores parajes donde hay vegetación comestible, las fuentes de agua pródigas, o el sitio en donde hallar sal, necesaria a su metabolismo. La información es reunida a lo largo de su vida gracias a la observación cuidadosa de los senderos seguidos por las matriarcas que la antecedieron, y que luego registra su cerebro.

Todo el grupo depende para sobrevivir de la memoria de la matriarca, y entre más larga sea su vida, más necesaria será a los suyos. La matriarca ha sido siempre la más codiciada por los cazadores pues posee los colmillos más grandes, y por tanto más valiosos por su peso en marfil.

Sin embargo, a veces una memoria tan vasta, que permite a las elefantas recordar sitios por los que pasaron veinte años atrás, resulta peligrosa para la manada, pues algunos de esos lugares han sido ocupados entre tanto por agricultores hostiles para sembrar maíz, plátanos u otros cultivos, con lo que más bien puede conducir a una trampa de muerte a quienes confían en su sabiduría.

Contrario a las hembras, los machos tienen un comportamiento menos sabio. Cuando dejan la adolescencia vagan de un lugar a otro en busca de compañeras de turno, lo que desata no pocas veces luchas a muerte entre ellos, sobre todo si más de uno quiere acercarse a la vez a una hembra en celo. Ya adultos, desprecian toda compañía y se entregan a la vida en soledad.

Fuego invernal

Para Lucía Cunning

En lo más crudo de la temporada de invierno, el Luna Park debió encontrarse desierto. Pero no era así. El palacio de fantasía destinado al espectáculo *The War of the Worlds* (La guerra de los mundos) se hallaba colmado por una multitud de adultos y niños que había hecho colas desde las primeras horas pese al intenso frío reinante; el termómetro marcaba 24 grados Fahrenheit (−4 Celsius). En el escenario destinado al aterrizaje de las naves marcianas se levantaba ahora un patíbulo.

La bombilla incandescente con un filamento de hilo de coser carbonizado inventada por Thomas Alba Edison había visto su triunfo en Luna Park, abierto en Coney Island en 1895. Un cuarto de millón de esas bombillas adornaba el perfil de los palacios de fantasía, y derramaba su resplandor formando figuras de jardines, pérgolas, torres, cascadas y molinetes. Todo aún más sensacional, si se piensa que las bondades de la iluminación eléctrica sólo alcanzaban entonces pequeñas porciones del territorio de los Estados Unidos.

La entrada por el lado de Surf Avenue estaba flanqueada por dos torres de cúpulas bizantinas con medias lunas de latón en la cúspide, mientras en sus bases se abrían las taquillas atendidas en temporada por *mexican señoritas* (señoritas mexicanas) ataviadas con sombreros de charro, chalecos rojos bordados de lentejuelas, y sarapes. Era la única que se había abierto este día.

No lejos de allí, hacia la West 12th Street, en una calleja lateral, se encontraba el establo de los elefantes, todo un rebaño utilizado para pasear por las calles del parque a los visitantes que se acomodaban en monturas de seis asientos cada una, uncidas al lomo de los animales. Cada elefante acarreaba un promedio de nueve mil personas a la semana, y el paseo costaba diez centavos para los adultos y cinco centavos para los niños.

Entre las atracciones famosas del parque se hallaba *The Museum of Incredible Beings* (El museo de los seres increíbles), montado bajo una carpa por el empresario de variedades Phineas Taylor Barnum, que se visitaba mediante el pago de un boleto de veinticinco centavos. Allí podía admirarse la momia de una sirena capturada junto con otras de su especie en 1739 por la tripulación hambrienta de un barco ballenero en el mar del Norte, la única en salvarse del cuchillo del cocinero gracias a ser la más vieja de todas, y a la que el contramaestre del barco, Joshua Griffin, había tomado luego por esposa. Gimieron con gran sentimiento al ser presas en la red, y su carne cocida sabía a ternera, según el relato del contramaestre al periódico *The Scots Magazine,* que los visitantes podían leer en una pizarra.

Además de la sirena, sentada en lo alto de un peñasco marino de cartón piedra, en el museo, por lo demás compuesto por seres vivientes, figuraba el diminuto general Tom Thumb, de sesenta centímetros de alto, recibido en audiencia en su día por la reina Isabel II de España, por el emperador Luis Felipe de Francia, y luego de su boda en 1863 con Lavinia Warren, una enana de su misma estatura a la que doblaba en años, por el presidente Lincoln; los siameses Chang y Eng, provenientes de la corte del rey de Siam, casados luego en Carolina del Norte con dos hermanas, y que llegaron a procrear con sus respectivas esposas doce hijos el primero, y diez el segundo, ambos ahora ya viudos; Joice Het, la esclava de ciento sesenta años de edad que había sido niñera de George Washington; y media docena de bellezas circasianas llevadas al mercado de esclavos de Constantinopla como consecuencia de la conquista del Cáucaso por Rusia.

La lista de atracciones era interminable. Se podía navegar en los botes *Babling Brooks* a través de un río artificial para ver desde la borda praderas irlandesas con vacas mecánicas que pastaban distraídas, aldeas alemanas con tabernas desbordadas de bebedores de cerveza, y tribus de esquimales cazando focas en los hielos del Ártico, todo por quince centavos.

También se pagaba quince centavos por entrar al *Monkey Music Hall*, donde tocaba sin cesar una orquesta completa de monos de Borneo, o al Paraíso de los Cormoranes Amaestrados, que cogían los peces del agua y los entregaban palpitantes en la mano a los espectadores. Por el mismo precio se podía entrar al Palacio de Oriente para recorrer las calles de Bagdad y entrar al zoco a lomo de un manso camello para mezclarse con una multitud de vendedores callejeros, alfareros, plateros, aguadores, mendigos, prostitutas, faquires, encantadores de cobras, tragadores de fuego, derviches voladores, danzarinas del vientre, y acróbatas.

En un teatro vecino a la ciudad de Bagdad se representaba *The Tornado of the Century*. Era un día de sol en un pueblo del Estado de Kansas. Los comercios se hallaban abiertos y la gente caminaba tranquila por las calles, cuando de pronto el cielo se ennegrecía y soplaban los vientos con silbido infernal. La ropa era arrebatada de los tendederos, y a medida que la tromba se acercaba, los árboles y los techos iban siendo arrancados de cuajo y las carretas y los caballos de tiro volaban por los aires lo mismo que los habitantes.

En el espectáculo llamado *The Crack of Doom* (La grieta fatal), un torrente de montaña caía sobre un apacible pueblo minero. Hombres, mujeres y niños eran arrastrados en medio de los restos de las casas destruidas por la fuerza del agua, un millón de galones derramados y luego reciclados en un tanque subterráneo de doscientos cincuenta mil pies cúbicos.

En *The Battle of the Century* (La batalla del siglo) se podía ser testigo de la caída de la ciudad otomana de Adrianápolis, representada con sus palacios de cúpulas azules y doradas, mezquitas de altos minaretes, soberbios jardines y una fortaleza. Un ejército de invasores búlgaros, serbios, montenegrinos y griegos bombardeaba la ciudad y asaltaba la fortaleza hasta que la guarnición turca se rendía. En el espectáculo llamado *The House that Jack Built* (La casita que el gato construyó), una jaula se alzaba en el tope de un gran poste pintado de listones, y allá arriba la mujer barbuda rasuraba a los espectadores que querían subir, por sólo diez centavos.

También estaba el espectáculo bíblico llamado *Light and Shadows* (Luces y sombras). Se admitía para cada sesión a una audiencia de ciento veinticinco personas que pasaban por la experiencia de vagar por la laguna Estigia en la barca conducida por Caronte, como si estuvieran muertas; podían asomarse al fuego del infierno que ardía dentro de las cavernas en las lúgubres riberas, y escuchar los alaridos de los condenados sujetos al tormento eterno, hasta que la barca salía a plena luz y los viajeros recibían a través de magnavoces el aviso de que habían resucitado en la gloria de Dios.

Una atracción singular era *The Man Hunt* (La cacería humana). Trescientos jinetes, hombres y mujeres, aparecían al galope por la pradera persiguiendo entre disparos de armas de fuego y gritos de muerte a un *greaser* (mexicano), que huía desesperado por delante de la cabalgata, dando traspiés. Por fin le daban caza lazándolo, lo arrastraban hasta una pila de leña, lo amarraban a un poste, y lo hacían arder en la hoguera.

Aquella mañana de enero, al acercarse la hora señalada, una puerta lateral del teatro de La Guerra de los Mundos se abrió, y un murmullo vino a alzarse entre la multitud a la vista del cortejo de guardas que entraba conduciendo a Topsy, la elefanta de Bihar de seis toneladas de peso, diez pies de altura, y veinte pies de largo.

Topsy había llegado a Estados Unidos tres décadas atrás con el Adam Forepaugh Circus, y su número de entonces consistía en girar por la pista, montada sobre patines de ruedas, a los compases del vals *El Danubio azul*. Luego le tocó trabajar con el Incomparable Albini, el maestro ilusionista, que la hacía pasar al otro lado de la luna de un espejo donde quedaba prisionera, en la apariencia de haber sido congelada en un témpano de hielo.

Ahora, además de pasear en su lomo por las calles cubiertas de gravilla a los visitantes de Luna Park, era parte de la cuadrilla de «elefantes acuáticos» que ejecutaban caídas en el tobogán de agua, deslizándose hasta la piscina desde una altura de cincuenta metros. Muchos de los que habían llegado desde temprano para buscar lugar en el palacio de La Guerra de los Mundos la conocían por su nombre, y tanto adultos como menores de edad le habían dado de comer maní y otras golosinas de sus propias manos.

Para esos días se libraba una enconada lucha entre Edison, inventor de la corriente eléctrica directa, y Westinghouse, inventor de la corriente alterna, ambos empeñados en demostrar que una era más segura y eficaz que la otra. Edison, en alarde de mofa, había recomendado al Estado de Nueva York utilizar el sistema de corriente alterna para la silla eléctrica; él iluminaría los lugares públicos, los parques de atracciones, las calles y los hogares, y dejaría a Westinghouse la ejecución de los delincuentes.

Edison ya había realizado en su laboratorio de Menlo Park una demostración de la eficacia del invento de Westinghouse para matar, electrocutando con una descarga de corriente alterna a una docena de animales, entre ellos un gato y un gallo, colocados sobre una plancha de metal conectada a electrodos. Luego, para demostrar lo contrario, otros animales recibieron corriente directa, la suya, y aunque quedaron chamuscados, no murieron.

Un año antes, un empleado del parque, un tal Frederick «Whitey» Ault, había subido a los lomos de Topsy en estado de ebriedad para obligarla a dar un borrascoso paseo a lo largo de Surf Avenue. El paseo terminó cuando el espantado animal se desbocó hacia el cuartel de policía en medio de aterradores bramidos, haciendo que los oficiales corrieran a encerrarse en las celdas en busca de refugio.

Pero luego ocurrió algo peor. Uno de sus conductores, llamado Mack «Scooby» Murphy, quiso darle de comer, uno tras otro, cigarrillos encendidos. Enfurecida, la elefanta agarró al hombre con la trompa y lo estrelló contra el suelo, matándolo al instante. Su suerte quedó sellada. Ese mismo día se decidió su ejecución.

La primera idea fue ahorcarla. Existía el precedente del caso 2.112, «el Estado de Tennessee contra Big Mary la elefanta». Mary había matado a su domador, Walter «Red» Eldridge, el 12 de septiembre de 1901 y la ciudadanía de East Tennessee reclamó su cabeza. Los intentos de acabarla a tiros fallaron, y se decidió entonces colgarla de una grúa de ferrocarril. Cinco mil personas se congregaron para presenciar la ejecución, que fue exitosa. Un mes después la silla eléctrica fue introducida en Tennessee, muy tarde para Big Mary, y el primero en ser sentado en ella fue un convicto por violación llamado Julius Morgan.

La dificultad de trasladar una grúa de ferrocarril a Luna Park obligó a buscar otro método, que fue el de envenenamiento. Topsy recibió cuatrocientos sesenta gramos de cianuro de potasio en lo que se suponía iba a ser su última comida, que consistió enteramente de zanahorias crudas. Pero resistió la embestida del veneno, y salió airosa. Entonces se recibió una carta de Edison ofreciéndose él mismo para encargarse de «westinghausizar» a Topsy con una descarga de corriente alterna. La propuesta fue aceptada por los empresarios del parque, a pesar de las airadas protestas de Westinghouse.

Los guardianes hacen ahora subir a Topsy al escenario donde se alza el patíbulo, una plataforma de dos metros de alto que facilita la visión del público, gran parte del cual permanece de pie, tan atestado se halla el lugar. Todos visten abrigos, generalmente oscuros y grises, y llevan gorros de lana y astracán, y sombreros de fieltro, porque el teatro no dispone de calefacción, y sobre las abundantes cabezas se alza una nube formada por el vapor de los alientos. Si podemos presenciar la secuencia es porque Edison la filmó él mismo, y la película, que dura dos minutos, ha sido restaurada digitalmente. Esa película fue exhibida luego en todo Estados Unidos por el mismo Edison, para acabar de demostrar la peligrosidad de la corriente alterna.

Ya vimos el ingreso de Topsy por la puerta lateral, conducida por el cortejo de guardianes, ya la vimos subir al escenario. Ahora asciende al patíbulo D. P. Sharley, un empleado de la Edison Company, que inicia la tarea de colocar en el cuerpo de la elefanta una red de alambres de cobre conectados a electrodos. El que parece ser el alambre principal, dado el grosor, es puesto alrededor de su cuello; uno de sus extremos va a dar a un motor montado sobre ruedas de fierro, y el otro, a un poste. Por último, las patas le son calzadas sobre unas sandalias de madera recubiertas de cobre, muy parecidas a los patines que años atrás usó en su número del vals.

He aquí lo que en la película, de acentuados contrastes grises y negros, se ve ahora. Un operador activa la cuchilla de un switch atornillado al poste, y la corriente alterna de seis mil voltios pasa por el cuerpo de la elefanta, que es sacudida por la descarga. Se torna rígida, eleva la trompa en el aire como si fuera a emitir un alarido, y luego se la ve envuelta por completo en el humo de los electrodos que arden. La corriente es suspendida, y se desploma muerta al suelo. Todo esto toma apenas diez segundos.

Como puede verse por algunos de los espectáculos ofrecidos en Luna Park, que se han puesto de ejemplo, las catástrofes fascinaban al público; naufragios de buques, huracanes y tornados, bólidos celestes, torrentes, terremotos, además de guerras, persecuciones y linchamientos. Pero la fascinación mayor era con los incendios. En este sentido, uno de los espectáculos de mayor éxito era *The Great Fire Show* (El gran espectáculo de fuego).

En el escenario del Teatro Real se representaba la sala de otro teatro lleno de espectadores vestidos de gala, donde estaba a punto de empezar una función. Los músicos terminaban de afinar en el foso de la orquesta. Los murmullos cesaban poco a poco. De pronto, en lugar de abrirse, las cortinas del otro proscenio estallaban en violentas llamaradas, el otro escenario se llenaba de humo, y el público comenzaba a huir en pánico, unos aplastando a otros en la carrera, mientras el teatro fingido colapsaba hasta convertirse en un esqueleto de brasas encendidas. Esta pirotecnia llamada de «fuego frío» resultaba sumamente costosa y el espectáculo terminó por ser desechado.

En el momento en que el veterinario forense certificaba la defunción de Topsy, empezó en el palacio de La Guerra de los Mundos un incendio verdadero cuando las chispas que todavía aventaban los electrodos prendieron en el telón de fondo ilustrado con una estación espacial marciana. Las llamas se pasaron fácilmente a los decorados y tramoyas, y no tardaron en propagarse hacia la estructura de madera del edificio.

El público que recién había presenciado la ejecución se atropellaba para escapar y, como es natural en estos casos, no pocos murieron aplastados por la avalancha humana. Las llamas, atizadas por el viento invernal, volaron hacia los palacios vecinos. El agua de las lagunas artificiales empezó a hervir. La torre de ciento veinticinco pies con el emblema de la Coca-Cola, que imitaba una botella del naciente refresco, se derrumbó. Un total de doscientos sesenta y cuatro edificios resultaron destruidos en el parque, a un costo total de un millón doscientos mil dólares, o al menos es la suma total reconocida y pagada por las compañías de seguros. No sería el único incendio que arrasaría con Luna Park. El último de ellos ocurrió el 12 de mayo de 1947, pero siempre volvió a levantarse de sus cenizas.

FOCA

Phoca vitulina

Sus dimensiones alcanzan de dos a tres metros y pesa aproximadamente unos doscientos kilogramos. El hocico es muy corto, sus ojos, prominentes y los dientes, afilados. El pelaje presenta un color gris oscuro en la espalda y los costados, y gris plateado por debajo, con zonas blanquecinas en el cuello y pecho. Vive principalmente entre los hielos densos circumpolares. Es solitaria, aunque pueden encontrarse hasta cinco ejemplares de una vez descansando sobre los témpanos. Desprovista de agresividad, permite el acercamiento de los seres humanos.

Y si algo le daban estaba contenta...

La aparición de una joven foca en la costa del Pacífico nicaragüense, al contrario del caso de la ballena náufraga que fue carneada por una multitud sin la menor consideración, mantuvo en ascuas por varios días a una familia de pobres pescadores que enfrentaron no pocas dificultades para mantenerla con vida. Cómo llegó hasta nuestras playas esta especie propia de los climas polares es un misterio aún no resuelto, igual al de la ballena jorobada. La foca que decimos apareció el miércoles 21 de agosto en un poblado de pescadores vecino al balneario de Masachapa, localizado a unos setenta kilómetros al noroeste de la capital. Éstos son los hechos:

Eran cerca de las siete de la mañana, hora en que los pescadores se hallaban todavía faenando mar adentro; salían apenas amanecía, y remando sobre el lomo de las olas llegaban una hora después al sitio elegido, donde tendían los chinchorros y se dedicaban a esperar. De esta forma pueden coger pargos, llamados comúnmente «boca colorada», jureles, lisas, corvinas, panchas, macarelas, y ciertas veces algún mero de considerable talla y peso.

Son siete ranchos frente a la playa, al lado de las últimas casas del balneario. Desde allí la costa se extiende hacia el norte, hasta los antiguos tanques de combustible de la Texaco, hoy en desuso. Más allá se alzan los farallones que sirven de lindero a la antigua hacienda Montelimar de la familia Somoza, donde hay ahora un hotel de turistas.

Algunas mujeres se ocupaban en los fogones preparando el almuerzo en espera de los maridos, que volverían cerca de las diez, y otras juntaban alguna leña flaca en los breñales vecinos, o acarreaban agua desde un pozo de malacate, de todas maneras salobre.

En la ramada de palmas frente a uno de los ranchos, un niño de cerca de diez años, ya peinado y vestido para irse a la escuela, se mecía, empujándose con el pie, en la hamaca en que dormía por las noches. Había tenido por desayuno la habitual sopa de cabezas de pescado, amanecida del día anterior y otra vez hervida; semejante sustancia, en la que nadaban escamas y espinas, le producía siempre modorra; y desde aquellas honduras borrosas acariciaba el pensamiento de que el profesor hubiera despertado esa mañana a merced de los diablos azules, como solía ocurrir.

De pronto sintió la humedad de un hocico en la mano que le colgaba indolente de la hamaca; y aunque era un hocico demasiado frío, pensó que se trataba de uno de los perros vagabundos de su querencia. Eran tan de su querencia que los había bautizado Antolín, Atanasio y Maclovio, nombres de unos tíos suyos por parte de madre desaparecidos en el mar mientras pescaban. Fue algo que, como es natural, disgustó profundamente a la mujer, pues lo vio como un grave irrespeto.

Quiso acariciarle entonces la cabeza, pero aquella cabeza no tenía orejas, por lo que se le ocurrió que se trataba de algún otro perro, desorejado en sus aventuras, que se hubiera sumado a la gavilla para acercarse al rancho a husmear desperdicios. Ya se sabe que los perros vagabundos viven medrando en busca de un bocado, y si algo les dan se quedan contentos, pero las más de las veces reciben palos; y entre sus vicisitudes está que les quemen el pellejo con agua hirviente, que les descalabren el lomo o alguna pata, y no se excluye que en una de tantas pierdan al menos una de las orejas por obra de la maldad de quien los odia y persigue.

Entonces el niño abrió por fin los ojos. La foca, sometida a un escrutinio severo, se sacudía el agua del cuerpo con enérgicos movimientos, aunque aquella piel, lucia y brillante, parecía que nunca fuera a secarse por muchas sacudidas que diera; la nariz, que ahora volvía a arrimar a la mano del niño, ya se ha dicho, era más que fría; sus bigotes, como de alambre.

Llamaba la atención del niño que un animal tan robusto, con apariencia de bien comido, anduviera deambulando por la costa como cualquier perro sin dueño. Pero lo más singular de todo se hallaba en el hecho de que no tuviera patas, y se moviera arrastrándose por el suelo, como si hubiera sido mutilado por algún otro acto de odiosidad humana.

Llegó entonces la madre, de vuelta del pozo, el niño la llamó, y a los gritos festivos de la mujer acudieron las otras. Rodearon todas a la foca en algazara. Y fue entonces que atraído por el vocerío apareció el profesor, que vivía dentro del cuarto menos ruinoso de una casa de verano abandonada, y estaba en esos momentos preparándose para el inicio del día escolar.

Olía de lejos el profesor a resaca, pero a eso estaban ya acostumbradas las narices de las mujeres; y a que le temblaran las manos en que sostenía la tiza mientras explicaba la lección estaban acostumbrados sus alumnos.

Se puso con cuidado los anteojos, apoyó las manos en las rodillas para inclinarse hacia el animal que cordialmente se sometía al detenido examen; se incorporó al poco rato, y tras devolver los anteojos a su estuche, dictaminó, sin muestras de duda, que se trataba de un prototipo de la especie marina llamada *Phoca vitulina*, conocida por su nombre vulgar foca, arrastrada con seguridad desde los lejanos mares polares hasta nuestras playas tropicales; al verse sola en la costa, había buscado en la ranchería abrigo frente a los crecientes rayos del sol, contrarios a su naturaleza.

Volvieron los pescadores, y su curiosidad no fue menor, y así mismo su contento, que desmejoró apreciablemente cuando les fue presentado el escrito dejado por el profesor en la hoja de uno de los cuadernos del niño, como si se tratara de una receta médica: la foca se alimentaba de raciones de peces, que no eran pequeñas; y corría el riesgo de perecer si no se le proveía hielo suficiente.

Los pescadores habían empezado apenas una discusión sobre la forma de satisfacer a la foca, tomando algo de la pesca de esa mañana, y algo también del hielo de los termos donde se conservaban las piezas capturadas, cuando apareció de nuevo el profesor, seguido por la totalidad de sus alumnos. El niño, que había dejado a la foca amarrada de un horcón, pendiente de una cuerda y custodiada por los perros, venía por delante de ellos.

El profesor traía consigo el tomo sobreviviente de una enciclopedia de hacía tiempos, que por suerte correspondía a la letra efe; y abriendo la página debida, mostró a todos una fotografía de la *Phoca vitulina,* para que no hubiera duda de su correcta identificación. Sentada encima de un témpano, mientras a su alrededor todo se extendía en una blancura que terminaba por disolverse en el papel, la foca del retrato alzaba el hocico hacia el cielo gris.

«Como pueden ver —explicó, mientras las cabezas se acercaban al libro—, este desierto tan blanco que rodea a la foca son los mares polares, eternamente cubiertos bajo una espesa capa de hielo. A través de las brechas de esa capa, la foca se sumerge para obtener su alimento, o sea, los peces. Aquí dice, y puedo proceder a leerlo, que una foca como ésta consume unos cuarenta kilogramos de peces a diario, según mis propios cálculos unas noventa libras; eso sería, por ejemplo, unas quince corvinas, o cuatro meros de regular peso y tamaño. Les recuerdo que peces se llaman mientras están libres en el agua, y sólo cuando han sido capturados, debe llamárseles pescados».

El desaliento cundió ante semejante discurso. Los trozos de hielo mermados a uno de los termos, y que uno de los pescadores había vaciado encima de la foca, no servían de ningún remedio. Por tanto, si de verdad querían auxiliarla, debían adquirir una marqueta entera de medio quintal, encima de la cual ella pudiera reposar y enfriarse a su gusto. Y el par de sardinas que pensaban ofrecerle iba a ser en absoluto insuficiente.

Regresó el profesor a su escuela, y tras él sus alumnos, a excepción del dueño de la foca, que tuvo permiso de quedarse a su lado por el resto de esa mañana, mientras los pescadores seguían cavilando. Al fin tomaron la decisión de aportar cada uno para la compra del hielo, y ceder, cada uno también, una porción de su pesca del día para alimentarla. Algunas de las mujeres, pasada ya la diversión inicial, no se mostraron para nada conformes con este acuerdo enemigo de la economía familiar.

Ahora la foca había recibido de parte del niño un nombre, Ernestina, el mismo de su difunta abuela, madre de su madre. Colocada ya a la cabeza del bando de las descontentas, la madre se ofendió otra vez por el atrevimiento, y así lo expresó al niño con furiosas palabras. De manera que, para guardar la paz, pasó a llamarla Vitulina, que era en todo caso su verdadero nombre.

El bando de las descontentas proclamaba la necesidad de devolver la foca al agua para que siguiera su camino y llegara donde quería llegar, o volviera a los mares polares, según su gusto y preferencia. Estaba también el bando de quienes pensaban que sería un crimen dejarla en el mar librada a los rigores del sol, pues no tardaría en perecer, asunto debatible para el bando remiso a auxiliarla, pues si había tardado seguramente muchos días para venir hasta donde había venido, bien podría regresarse o continuar viaje en iguales condiciones; el bando de quienes opinaban por reportar su aparición a las autoridades correspondientes; y, en fin, el de quienes eran partidarios de auxiliarla con hielo y peces a su satisfacción. Por cuánto tiempo, en este último caso, era el asunto alrededor del cual tampoco había conformidad, aunque resultaba obvio que la presencia indefinida de la foca entre los pescadores representaba su ruina.

Mientras tanto, Vitulina, llevada de un lado a otro por el niño, pendiente del dogal, se había amistado ya con los perros, que la seguían a todas partes con la algarabía de sus ladridos, y cada cierto tiempo la dejaban ampararse en su refugio de hielo, en el rincón más oscuro del rancho. El témpano, comprado sólo para ella, yacía sobre un lecho de bramantes, cubierto de sal y aserrín para prolongar su rendimiento.

Entonces, llegó el circo. Era un circo que aparecía cada año para las mismas fechas a divertir a los habitantes de Masachapa y las rancherías de pescadores, y a los peones de los vecinos plantíos de caña. No tenía carpa que lo cubriera, y por tanto las maromas en el tinglado podían ser contempladas desde fuera de la manta que rodeaba los parales de las galerías como si fuera un sucio vendaje, sin necesidad de pagar la entrada que era de cinco córdobas palco, y dos córdobas galería.

¿Cuáles eran las atracciones del circo? Pocas, y siempre las mismas. La sin par Melania, reina del trapecio; la cabra matemática, que sumaba y restaba con las patas; el forzudo Barrabás, capaz de estrangular un toro y desjarretar un león; la mujer transformada en culebra por haber sido infiel a su marido; y el niño Matusalén, que había nacido viejo, amén del payaso Garcilaso que solía declamar la poesía «Reír llorando»: *víctimas del spleen, los altos lores, en sus noches más negras y pesadas, iban a ver al rey de los actores, y cambiaban su spleen en carcajadas...*

El empresario contaba con el olvido de los espectadores como su mejor aliado cada vez que el circo aparecía, todos los artefactos amarrados en pirámide milagrosa arriba de un camión de tiempos idos, por delante Garcilaso, quien, subido a unos zancos, proclamaba tras un toque de pitoreta que la compañía regresaba después de una gira triunfal por Centro y Sudamérica.

Animales el circo no tenía ninguno. Detrás del camión arrastraban siempre la jaula vacía del león Macumba, fallecido hacía tiempos en olor de santidad, ya sin colmillos. Barrabás solía luchar con él a brazo partido hasta vencerlo, y éste fue por años el número estelar de la función. Ahora no tenía león que desjarretar, y debía resolver sus pruebas de fuerza tirando del cabo de una cuerda, mientras del otro cabo tiraba toda la concurrencia, a la que lograba arrastrar con una sola mano, muerto de risa.

El bando de los caritativos comenzaba ya a ceder frente al de las descontentas, que cada día sumaban más argumentos razonables en contra de aquel dispendio de hielo y pescados, y el caso vino a ponerse a favor de ellas cuando Vitulina abrió una mañana por su cuenta uno de los termos, dejado al alcance de su cuerda, y se comió el total de la pesca que había adentro, lista para entrega.

La pregunta del por cuánto tiempo aquella carga exigía ahora más que nunca una respuesta. Y la dio el empresario del circo, que apenas supo de la foca, y de las pugnas provocadas por su aparición, se presentó al rancho a anunciar que se la llevaría en calidad de artista.

El empresario, flaco y macilento a causa del hambre que soportaba junto con todos los artistas, parecía un suspiro de enfermo. No pocas veces se quedaban sin comer para permitir a Barrabás alimentarse adecuadamente, y así disponer de fuerza para cumplir sus cometidos artísticos. En lo que hace a la gran Melania, más bien los ayunos contribuían a su ligereza en el aire, aunque los vahídos le oscurecieran la vista en pleno vuelo, cuando debía pasar de un trapecio a otro; y el payaso Garcilaso, atacado de dispepsia melancólica, de todos modos comía poco.

«Piénsenlo», dijo el empresario mientras se retiraba ceremoniosamente, azotándose con un fuete las botas de montar, todo un jinete en tierra, pues no era dueño de ninguna cabalgadura. Se le respondió que el asunto sería meditado, aunque de verdad sobraban ya las meditaciones. La foca sería entregada.

De nada hubo de valer el furioso alegato del niño, que sin soltarla del dogal había estado presente durante la visita funesta. Aquel alegato tenía toda la lógica del mundo: «Si no comen ellos, ¿cómo van a darle de comer a la foca?». «Y qué debe importarnos si pueden darle de comer o no —se alzó la madre, que ya se veía librada de aquel tormento—, el circo andará lejos mientras tanto, y ojos que no ven, corazón que no siente».

Entonces el niño recurrió al profesor, que escuchó el alegato mientras bebía su licor consuetudinario, siempre en una taza de café como inútil disimulo a su vicio. Luego expresó su criterio. El niño debía obedecer. Todos los niños debían obediencia a sus progenitores, y más en este caso, cuando les asistía la razón. Alimentar apropiadamente a una foca, y proveerla de la temperatura de los climas polares, era algo que no se hallaba al alcance de los pescadores, por mucha que fuera su buena voluntad.

«Se va a morir de calor», dijo el niño como si pronunciara una triste sentencia. El profesor dio un sorbo a su taza, haciendo que se quemaba, y le informó que no era así, pues aquel circo, cuando levantara campo, partiría hacia países lejanos donde siempre reinaba el frío, de modo que la foca se sentiría a gusto y placer.

Aquel informe, irresponsable si se quiere, animó al niño a tomar una decisión. El mismo profesor había leído a sus alumnos un pasaje de la vida de Rubén Darío, donde se contaba que de niño quiso huir con un circo, prendado de una saltimbanqui de su misma edad llamada Hortensia Buislay. No sería, pues, el primero. Trabajaría, y todo lo que ganara serviría a las necesidades de la foca. ¿De qué trabajaría? Pediría el puesto del niño Matusalén.

El niño Matusalén, puro hueso y pellejos, permanecía en su pesebre, arropado de paja, en el rincón del circo donde siempre dormía y parecía despertar apenas, abriendo sus ojos nublados por el vapor de las cataratas, sólo para dar las gracias cuando oía caer sobre el plato de porcelana, al pie del pesebre, la moneda de cinco centavos que se pagaba por acercarse a contemplarlo. A su lado dormía también, entre sobresaltos de angustia, la mujer culebra que había engañado con otro hombre a su marido.

Se presentó el niño a solicitar el puesto, y el empresario se rió ante la ocurrencia, enseñando sus muelas amarillas. El niño Matusalén era anterior al circo, y a todos los demás circos que andaban de país en país. Pero le dijo que si consentía en el traspaso de Vitulina lo nombraría su domador. Sin meditarlo del todo, el niño aceptó. Y como primera providencia fue de nuevo delante del profesor a solicitarle en préstamo el tomo de la letra efe de la enciclopedia, pues según había visto en ella, además de las explicaciones acerca de la naturaleza y ambiente natural de la foca, se hablaba de sus gracias y habilidades.

Pero al empresario jamás se le había ocurrido emplear a Vitulina como artista, ni menos gastar un solo peso en hielo y en pescados para alimentarla. Su plan secreto era abrirla de un tajo de cuchillo por la barriga apenas llegara el circo a su siguiente parada, destazarla, y salar la carne que daría alimento a Barrabás por los días que ajustara; y luego, rellenar el cuero de aserrín, volverla a zurcir, y exhibirla disecada al lado del niño Matusalén y la mujer culebra. Al niño, lo dejaría perdido en algún punto de la ruta.

Sólo después hubo de declarar el profesor que el empresario se había presentado a la escuela, ansioso de conocer en el apartado FOCA del tomo de la letra efe de la enciclopedia todo lo relativo a «formas y procedimientos de embalsamar focas». Por este servicio, confesó, había sido retribuido en especie, con una botella de vermouth Torino.

La madrugada en que el circo levantó campo, se alistaban los pescadores para su faena del día cuando la madre proclamó la alarma de que el niño no estaba en la hamaca donde dormía, y se dieron entonces a buscarlo por los alrededores, con muchos gritos de llamado. En vano. Tampoco aparecían Antolín, Atanasio y Maclovio.

No tardó en saberse que al pasar el camión con los bártulos del circo frente a la gasolinera de la salida del balneario, donde se congregaban los pasajeros en viaje a Managua, habían visto al niño dentro de la antigua jaula del león, haciendo compañía a la foca, y que no se notaba para nada disgustado ni temeroso. Los perros iban con él. La foca chillaba de contenta, quizás porque, si no es en los mares polares, donde las focas se sienten mejor es en los circos. Pero hay que acordarse de que pronto empezaría a subir el sol, y entonces se irían al suelo sus alegrías. Y que cuando llegaran al siguiente destino, su suerte sería peor, pues la esperaba el cuchillo.

Fueron los pescadores al cuartel de policía a dar cuenta del secuestro de un niño de diez años por parte de una banda de astutos criminales disfrazados de artistas de circo, y de inmediato se libraron exhortos para que se capturara a todo su elenco, y el niño fuera puesto a resguardo de la autoridad. De la foca no se decía allí nada, ni tampoco de los perros.

Los cirqueros fueron encontrados ese mismo día, y de ello dieron cuenta abundante los periódicos. Y aunque el empresario huyó, y hasta hoy día su destino es incierto, con sus huesos en la cárcel fueron a dar la sin par Melania, reina de los aires; Barrabás, el amo y señor de toda fiera viviente; Garcilaso, el más gracioso payaso de la Tierra; el niño Matusalén, y la mujer culebra, quien declaró: «Somos gente triste y humilde, no sabemos nada de algún delito». Barrabás dijo a la prensa televisiva: «No hay justicia en este mundo». La sin par Melania no hacía más que llorar, con sollozos tan débiles que apenas se escuchaban. Garcilaso el payaso: «Llamo a los muertos mis amigos, y les llamo a los vivos mis verdugos». El niño Matusalén, como hacen muchas veces los ancianos, no hacía sino escupir con desprecio.

Mientras la foca estuvo bajo custodia provisional de la policía, hubo quien opinara que debía ser entregada al parque zoológico de Managua, lo que otros consideraron nada más como una burla, porque allí los animales cautivos pasaban toda clase de calamidades, y si no había carne que darle a las fieras, menos habría peces que darle a la foca, ya no se diga proveerla de hielo según las necesidades de su especie.

Sucedió entonces que de manera inesperada se presentó ante la autoridad correspondiente una comisión plena de los pescadores de la ranchería, y muy atentamente y seguros servidores demandaron la devolución de la foca por ser de su dominio y posesión, comprometiéndose a garantizar sus alimentos y todo lo concerniente a su bienestar y auxilio.

La autoridad proveyó de conformidad, volvió Vitulina a la ranchería junto al niño, y el caso del secuestro no tardó en sepultarse en el olvido. Hubo barruntos de nuevas discusiones acerca de la manera de solventar las apremiantes necesidades de la foca, de sobra conocidas; pero ella, por razones ignoradas, y que el profesor se mostró incapaz de explicar, pese a su sabiduría, empezó a adaptarse a los rigores del sol del trópico inclemente, por lo que ya no necesitó de más témpanos de hielo.

Y por si fuera poco, aprendió a comer de todo, sobras y desperdicios, como los demás perros, Antolín, Atanasio y Maclovio, entre los que vive ahora en dócil compañía, y se la oye ladrar, a lo que también ha aprendido con no poca diligencia.

GALLINITA DE MONTE

Dendrortyx leucophrys

Nombre que se da en Nicaragua a la perdiz, de la que exis-
ten, entre otras, la perdiz cariblanca, la perdiz coronada, y la perdiz
montañera. Pertenece a la familia *Odontophoridae,* la misma de la
codorniz. Habitante de las zonas montañosas, se la ve habitualmen-
te en parejas, pero en tiempo de apareamiento forma grupos pequeños. De presencia rápida y nerviosa, tiende a desaparecer fugazmen-
te de la vista, y lo único que regala sin disturbios es su misterioso
silbido, que llega de entre los ramajes.

Parque de las Madres

Por tanto, y a requerimiento de la autoridad que me convoca, esto es todo lo que sé y declaro: me llamo María Engracia Bracamonte, mayor de edad, sin relación marital alguna, y de oficio vendedora ambulante, pues por manera de vida llevo el negocio de algodón de azúcar que teñido de diferentes colores fabrico al aire libre en el Parque de las Madres mediante una máquina comprada de segunda mano, donde allí mismo lo vendo por medio de niños que ganan así el sustento en lugar de vagar sin beneficio, siendo uno de esos niños que digo el menor de ocho años del que sólo sé su nombre de pila, Manuel de la Cruz, a quien sus condiscípulos en la escuela dieron en llamar «Gallinita de monte».

Que siendo las siete de la noche del día viernes primero de agosto, o sea ayer, me hallaba dedicada a lo antedicho, y acababa de alejarse «Gallinita de monte» llevando más raciones de algodón de azúcar por cuanto la venta era buena dados los restos de animación, pues enfrente había pasado el desfile hípico que ocurre cada año por esta misma fecha y todavía quedaban gentes desperdigadas de las que habían llegado a presenciarlo, cuando en eso se hizo patente una bulla de gritos y carreras y pasaron personas de ambos sexos en huida, siendo la razón una batalla de pandilleros rivales en el costado norte del parque con vendaval de piedras de todo tamaño, disparos de armas de fuego y otras armas de fabricación casera que en eso esmeran su ingenio, así como bombas incendiarias, o dicho sea, botellas llenas de gasolina con su respectiva mecha, el juicio, estallaban las luminarias con las pedradas porque querían mejor oscuridad para las maldades que se proponían hacerse unos a otros, pandillas formadas por menores de edad, y enemigas de mucho odio entre ellas, «Los Rucos» y «Los Ñatos», pandilleros de Batahola Norte, contra los del Barrio Chino, apoyados por «Los Pitufos» del Edgar Lang, de una parte, y «Los Macabros» del Santo Domingo de Waslala, de la otra, siendo que se concentran en lugares convenidos y salen ya juntos para llevar a cabo sus fechorías, no lo sabré yo que vivo en Batahola Norte sitiada dentro de mi humilde vivienda porque ay del que se atreva a salir ya dada la noche, y hoy debo hablar lo sabido aunque me maten esos léperos sin piedad ni conciencia, y entre los caporales que tienen se distinguen «Niño Salvaje», jefe de «Los Rucos», a quien calculo una edad de quince años, y el que la otra noche hizo disparos en este mismo parque por el puro gusto, hiriendo a un pobre vendedor de sorbetes, «La Rata», jefe máximo de «Los Ñatos», de edad aproximada de dieciséis años, «Pico», «Cebolla», «Chico Renco», «Chiquita Banana», «Galleta», «El Chibolón» y su hermano «Chino Frontón», «El Pollo», «El Chupacabra» y demás del acompañamiento, digo que el otro jueves, por ejemplo, los vecinos lograron apagar el fuego que devoraba la casa de doña Delia Matarrita, señora de respeto, dueña de pulpería, que tiene su casa frente a la cancha del barrio, cercana a la mía, porque «La Rata» le lanzó personalmente una de esas botellas con gasolina encendida dentro de la caseta del baño en su patio mientras ella se estaba bañando y hubo de pasar la vergüenza de huir desnuda por media calle, nadie se imagina aquel tormento, gritos de los pandilleros acompañados del rebote de piedras contra las paredes, pedradas que atraviesan las ventanas y techos, los vidrios de los carros destrozados, y por demás, persecuciones contra los moradores extraviados que huyen desalados buscando protección.

Vuelvo al relato de los hechos de aquel día y declaro que decidí apresurarme en levantar mi puesto y llevar todos los instrumentos y materiales al carretón que utilizo para transportarlos, diligencias en las que me hallaba cuando sonó una granizada de balazos y al instante se presentó corriendo otro de mis vendedores, el menor al que llaman «El Palomo», a fin de informarme que a «Gallinita de monte» le habían dado en la trifulca un tiro en medio de la frente y se hallaba tendido en una vereda del parque, y entonces no supe qué hacer, hasta que se escucharon las sirenas de las patrullas de policía y los pandilleros emprendieron la huida, momento en que decidí correr hasta el lugar que «El Palomo» me indicaba, y en verdad, encontré a «Gallinita de monte» en medio de un profuso charco de sangre, en su poder la mercancía que le había confiado, es decir, los algodones de azúcar, embebidos en la misma sangre, y arrodillada a su lado estaba cuando en eso vi que se acercaba uno de los policías trayendo consigo a un niño como de trece años, de apodo «Burro Loco», perteneciente a la pandilla de «Los Rucos», al que le habían incautado una pistola calibre 22, sindicado por varios testigos como el responsable de haber disparado contra «Gallinita de monte», y tan es así que muy cerca la misma policía recogió dos cápsulas de bala del mismo calibre, una de las cuales le pegó de refilón en el cuello, según el sollamado que se le notaba, y la otra fue a entrarle en la frente.

De las demás averiguaciones me desatendí, porque al poco tiempo llegó la ambulancia para trasladarlo al Hospital Lenín Fonseca, adonde me fui con él en la misma ambulancia dejando al garete los efectos relacionados con el negocio que ya expliqué, pero por desgracia la criatura, que aún iba con vida, expiró en el camino, y tal como he leído después en el periódico, la bala mortal no tuvo orificio de salida debido a la cercanía del disparo, y digo que no es verdad, como también he leído, que el pandillero «Burro Loco» haya confundido a «Gallinita de monte» con alguno de los miembros de la pandilla enemiga de «Los Ñatos», porque llevaba visible la bandeja de algodones de azúcar sobre la cabeza, siendo lo más probable que el tal niño criminal le haya disparado por gusto y placer, razón por la que ahora me presento ante su autoridad, señora jueza, en demanda de que este hecho no vaya a quedar sin castigo porque según me han informado, a pesar de que el hechor «Burro Loco» es confeso, y ya se sabe que el arma pertenece a un familiar suyo cercano, amenazan con dejarlo libre por no tener la edad correspondiente, criminal más pervertido mañana será si no hay corrección contra él, sepa su autoridad que solo y sin amparo, descalzo y derrotado, andaba vagando por las calles «Gallinita de monte» cuando lo recogí, a pie se había venido desde Matagalpa buscando trabajo dada la gran pobreza que aflige a la gente campesina de aquellas comarcas, le di techo y lo puse en la escuela, le di zapatos, y si quien lo mató ya lo hizo una vez, y lo dejan libre, volverá a hacerlo de nuevo, y aunque a «Gallinita de monte» nadie va a devolverle la vida vengo en demanda de justicia delante de usted, ya que sin familia alguna y no teniendo madre que se sepa, me constituyo en madre adolorida como si yo verdaderamente lo hubiera parido, sé bien que el hechor es otro niño pero dónde estaba su madre que no le puso rienda ni le enseñó lo que es la culpa, con lo que termino la petición que hasta aquí le hago en nombre y representación del difunto «Gallinita de monte».

LAGARTO

Caiman cocodrilus
Melanosuchus niger
Cocodrilus acutus

Reptiles anfibios de considerable talla que presentan una arruga ósea entre ambos ojos sobre la frente, ojos amarillentos o verdosos con el párpado superior arrugado, hocico recto y estrecho armado de colmillos filosos, el lomo cubierto por placas escamosas, y cola de cresta doble. No suelen cazar durante la noche. Muchos salen a las orillas bajo los aguaceros fuertes, y se quedan allí mientras dura la lluvia; cuando hace luna, al contrario, permanecen escondidos. Toman el sol, inmóviles, a menudo con la boca abierta durante horas, y copulan dentro del agua. La hembra permanece vigilante cerca del nido y es muy agresiva en defensa de las crías, que cuando se aproxima el momento de nacer chillan dentro del huevo. Los machos pelean con frecuencia entre sí y parece que también las hembras, como lo demuestran sus colas no pocas veces mutiladas.

Pies ligeros

Después de haber tomado un indio para servirnos de guía partimos los cuatro de Granada, donde durante dos días tuvimos el gusto de gozar de las delicias de este paraíso de Mahoma, encontrando por todas partes caminos llanos y unidos, los pueblos agradables, los campos sombreados por los árboles, y por todas partes una grande abundancia de frutas.

El segundo día después de haber salido de la ciudad, fuimos extremadamente espantados por un grande y monstruoso lagarto o cocodrilo, que habiendo salido del lago cerca del cual pasábamos, se bañaba en una laguna donde estaba de medio lado esperando su presa, como reconocimos después.

Al principio, no sabiendo lo que era, pensamos fuese un árbol que habría caído en el agua; hasta que pasando cerca notamos sus escamas y vimos que comenzaba a moverse y a querer echarse sobre nosotros, de suerte que esto nos obligó a separarnos bien pronto de allí. Pero sin duda quería que alguno de nuestra caravana le sirviese de alimento ese día, y comenzó a correr tras de nosotros, lo que nos espantó en demasía viendo que le faltaba muy poco para cogernos; pero un español, que conocía mejor el natural de este animal, nos gritó de irnos hacia el lado del camino, después de marchar por un tiempo todo derecho y adelante, y enseguida volver por el otro lado, yendo de esta manera siempre, volviendo tanto de un lado como de otro.

Este aviso nos salvó sin duda alguna la vida, porque por este medio cansamos a este monstruo y nos escapamos de él, pues de otra manera nos hubiera cogido y matado a alguno o a lo menos a una de nuestras mulas, si hubiésemos continuado nuestra marcha siempre derecho, porque corría tanto como nuestras mulas cuando marchábamos recto, pero mientras que se revolvía teníamos el tiempo de ganar camino y tomar ventaja sobre él, hasta que por último lo dejamos muy atrás, del todo insatisfecho.

Esto nos dio a conocer la naturaleza de este animal, cuyo tamaño de cuerpo no impide que corra tanto como una mula; pero así como al elefante le cuesta mucho trabajo levantarse cuando está caído por tierra, de la misma manera este monstruo que es pesado y terco se encuentra muy embarazado cuando está obligado a volver todo el cuerpo.

Thomas Gage
Viajes en la Nueva España, 1648

Fiera venganza

Camino de ella a nueve leguas de León está el pueblo de Nagarote, de donde se caminan otras cuatro leguas, y bajando una gran cuesta se llega al pueblo de Mateare de las Mojarras. Llámase a este pueblo de las Mojarras por la mucha cantidad de ellas que se pescan en la laguna, y dan dieciocho y veinte por un real, que son tan grandes como besugos. Sucedió estando yo en aquel lugar (Mateare), el año de 1621, que habiendo ido una india a la laguna con una botija por agua, la cogió uno de aquellos fieros lagartos o caimanes, de que hay gran cantidad en ella, y se la comió, aunque, como después pareció, otros le ayudaron a comerla. Y como la india tardaba sospechó el marido la desdicha o desgracia que podía haber sucedido, y fue en busca de su mujer y llegando al tiempo que se la acababan de comer aquellas bestias. Volvió al pueblo triste y afligido con tan notable desgracia, y dando cuenta del infeliz suceso a sus parientes, amigos y vecinos, se juntaron todos para ir a tomar venganza, y llevando un cuarto de carne, y habiéndola hecho en pedazos, con un trozo de palo rollizo del grosor de un brazo y de largo como tres cuartas metían en él un pedazo de la carne, amarrado con una maroma, y lo echaban al agua, y como las fieras bestias estaban cebadas y encarnizadas, acudían a la presa, y de esta suerte sacaron muchas y las fueron matando y abriendo por el costado, y de la una sacaron una pierna y de otra la cabeza, y así juntó el buen Francisco, que así se decía el indio, los pedazos de su mujer difunta, sacándolos de los vientres de aquellas fieras bestias marinas: habiendo muerto muchas de ellas en venganza de la muerte de su mujer, y habiéndola juntado en pedazos, la enterraron en su iglesia, donde le hicieron sus exequias e hicieron decir misa, y yo le dije misa por haberme hallado allí. He puesto este caso por ser raro y peregrino, para que se considere la fiereza de estas bestias y la facilidad con que las cogen y matan los indios.

Fray Antonio Vázquez de Espinosa
Crónica, 1613-1621

Sic transit gloria mundi

Entre los tesoros de mi biblioteca se halla un libro encuadernado en piel de becerro que enseña en el lomo, inscrito en letras doradas, el título *Grape Culture, Wines, and Wine-Making*. Se trata de la edición original, publicada en Nueva York en 1862 por la casa Harper & Brothers, en plena guerra civil de los Estados Unidos, y su autor es mi tatarabuelo, el conde Agoston Haraszthy. Con toda justicia está considerado este libro como la biblia del cultivo de viñedos y del arte de la fabricación de vinos en California.

Me complace escribir estas líneas a solicitud del escritor nicaragüense Sergio Ramírez, quien mostró vivo interés por mi ilustre antepasado cuando en ocasión de su visita a Los Ángeles, en febrero del año anterior, conversé con él durante la recepción que le fue ofrecida por las autoridades de la UCLA en Royce Hall. Llamó su atención el hecho de que mi tatarabuelo emigró ya tarde de su vida a Nicaragua, pero sobre todo que de manera inesperada encontrara allá la más extraña de las muertes, como oportunamente explicaré.

Nació mi tatarabuelo el 30 de agosto de 1812 en Futak, provincia de Bacska, en el norte de Hungría, allí donde el azul Danubio extiende su bendición sobre los campos de cultivo. Fue hijo único de Charles Haraszthy y Anna Halasz. Su padre era descendiente de una dilatada familia de patricios enfrentados en el pasado a los conquistadores turcos, y siguiendo esa tradición patriótica, fue Agoston, como mejor le llamaré en adelante, contrario a la férula de los

Habsburgo, que desde la Viena imperial reinaban entonces en Hungría.

Mas la fama verdadera de tan ilustres ancestros míos no había sido ganada en el campo de batalla, sino en el cultivo de huertos frutales y moreras para la crianza de gusanos de seda, y sobre todo de viñedos, a los que aquellas tierras son propicias, pues de allí proviene ese espeso caldo fabricado con la uva kadarka, que bien merece su nombre de Bikáver: «sangre de toro».

Tal como era requerido de los jóvenes pertenecientes a la nobleza, Agoston, mal que le pesara, hubo de incorporarse a la Real Guardia Húngara de Francisco I, emperador de Austria-Hungría. Después de completar su servicio volvió a Futak, y por disposición imperial no tardó en asumir el cargo de teniente regente de la provincia, y al poco tiempo el de diputado ante la Dieta que celebraba sus reuniones en Pozsony. Durante este período, en que pese a sus escasos años se le confiaban ya graves responsabilidades, trabó estrecha amistad con el reformador de Transilvania, el barón Wessenlenyl, y con el futuro héroe de la revolución húngara de 1848, Louis Kossuth, aquel que hizo famoso el estilo de sombrero masculino «a la Kossuth».

En 1834 tomó por esposa a Eleonora Dedinsky, mi tatarabuela, de una familia de aristócratas polacos que se había exiliado en Hungría después de la revolución nacionalista de 1830, aplastada por el zar Nicolás I. Al año nació su primer hijo, Geza, quien andando el tiempo llegaría a ser un célebre combatiente en la guerra civil en Estados Unidos, al lado de las tropas unionistas. Después vendrían Attila, Arpad, Agoston, Ida, Bela, y Otelia, todos estos nombres correspondientes a aquellos de caudillos, reyes y reinas que resplandecen en la tradición heroica de Hungría.

Después de que Kossuth fuera acusado de traidor al imperio, Agoston escogió el camino del exilio, y en 1840 llegó a Nueva York, pasajero del buque *Prometheus,* que hacía su viaje inaugural desde Londres. Fue invitado a visitar Washington por el patricio Daniel Webster, quien no tardó en presentarlo al presidente John Tyler.

En aquella capital se convirtió en novedoso atractivo de las fiestas, gallardo en su vistoso uniforme de gala de la guardia imperial. Prominentes caballeros y encumbradas damas no cesaban de admirar su casaca ricamente bordada en oro y el airón de su sombrero, a tal punto que durante una de las veladas en la Casa Blanca, a la cual concurrió de etiqueta, el jefe de ceremonial le informó que el presidente Tyler deseaba verlo la próxima vez en uniforme, a cuyo propósito ofrecería una *soirée,* pues no pocas señoras se mostraban curiosas de admirar una vez más su magnífico atuendo.

Agoston, lleno de juventud y bríos, si bien se sentía a gusto entre la aristocracia, a la cual pertenecía, y entre los nuevos ricos, con quienes condescendía, era antes que todo un nato conquistador de territorios. No tardó en convencer a su padre, mediante encendidas cartas, de liquidar su cuantiosa fortuna y emigrar hacia Estados Unidos, donde sumó sus recursos a los propios del hijo, quien contaba también con los de su esposa Eleonora para llevar adelante sus ambiciosos planes. Su brillo social en Washington le facilitó la compra de diez mil acres de fértiles y vírgenes tierras públicas en Sauk Prairie, en las planicies de Wisconsin, bañadas de manera generosa por el río del mismo nombre, y en 1842 estaba fundando en aquellos parajes el poblado de Szdptaj, que en lengua húngara significa *Buena Vista,* donde vino a habitar con toda su familia.

De sus empeños resultaron un aserradero, una fábrica de ladrillos, caminos de grava, puentes de piedra, y también la crianza de ovejas, el cultivo de cebada y lúpulo para la fabricación de cerveza, y la primera compañía de barcos fluviales movidos por vapor; además de jugosos contratos para aprovisionar de cereales y carne salada a las tropas federales acantonadas en los fuertes vecinos. Abrió así mismo un almacén de provisiones para los centenares de inmigrantes que le siguieron entusiasmados, aperos de labranza, lámparas de carburo, ruedas de carro, conservas, utensilios y adornos domésticos, así como prendas de lujo que lo mismo podían hallarse en Soho que en la plaza Vendôme, tanto un chaleco de fantasía y un bastón de pomo de marfil, como una polvera musical o un corsé de huesos de ballena.

Su figura de aquella época lo muestra de largo cabello negro, barbas rizadas y mostacho frondoso. Sus brillantes ojos, negros también, reflejaban a la vez las ansias del soñador y del hacedor. Amaba las cabalgatas rudas y sus cualidades de cazador de gamos y osos se volvieron legendarias. Vestido con una amplia camisa verde de seda ajustada con un flamante cinturón rojo, y pantalones de terciopelo negro, se le veía emerger al galope de la espesura, riendo porque acaso las espinas habían herido su piel, desgarrando sus costosas vestiduras. Y a medida que *Buena Vista* nacía del polvo y del barro, se movía de un lado a otro entre las partidas de carpinteros y albañiles, dando órdenes en la lengua europea que correspondía a cada uno de los operarios. Parecía nacido para crear imperios de la nada; pero tenía una debilidad que sus amigos no dejaban de señalarle, y es que era generoso hasta la temeridad.

La promiscua mezcla de sus empresas, y su abierta disposición a auxiliar a los nuevos colonos con préstamos que no tenía la habilidad de cobrar, lo llevaron pronto a la quiebra al verse impedido de aliviar el peso con que las hipotecas agobiaban sus propiedades. Estas circunstancias adversas, sumadas a su asma crónica que la humedad de aquel clima empeoraba, cambiaron la dirección del viento en sus velas, y así abrió su oído a los nuevos clamores de fortuna que llegaban desde la promisoria California, donde se había encendido la fiebre del oro. Así pues, a la cabeza de un impresionante tren de sesenta carretas, seguido de su padre y demás miembros de la ya numerosa familia, y de una ingente cantidad de colonos, muchos de ellos deudores insolventes suyos, Agoston abandonó *Buena Vista* en el día de Navidad de 1848.

La población de San Diego, adonde arribaron primero, era entonces una aldea de seiscientos cincuenta habitantes, principalmente cow-boys indómitos, marineros levantiscos, tahúres de oficio y buscapleitos de frontera. Son inciertas las razones que lo llevaron a detenerse en aquel paraje peligroso, olvidado en apariencia de la quimera del oro, pero la realidad es que adquirió muy pronto una considerable extensión de tierra vecina a la misión de San Luis Rey, y junto a sus hijos Attila y Arpad se entregó a plantar perales, manzanos y cerezos con cepas solicitadas a su lejana Hungría, y proveídas por la gestión de su viejo camarada el general Laszar Meszaros, ministro de la Guerra que había sido en el gabinete de Kossuth.

Pronto se le vio entregado a nuevos desafíos con su proverbial ánimo emprendedor. Puso en circulación el primer ómnibus regular tirado por caballos, abrió un establo, una herrería y una carnicería; y su padre fue elegido alcalde de la ciudad, tal era la influencia y respeto que la familia ejercía donde quiera que se hiciera presente.

En 1850 su rectitud hizo que los ciudadanos de San Diego lo eligieran sheriff del condado, y el mismo año alguacil de la ciudad. La presencia de su padre a la cabeza del gobierno municipal auguraba una estrecha colaboración entre ambos, y así surgió en el ánimo de Agoston el empeño de construir una cárcel; no existía ninguna en San Diego, y el municipio le confió la ejecución de la obra bajo contrato. Surgieron, entonces, disonancias, pues hubo quienes juzgaron innecesaria una cárcel en un poblado que se llenaba y vaciaba cada día de toda clase de aventureros que iban hacia el norte en busca de los yacimientos de oro, y nada mejor que allanarles el camino; y surgieron también maledicencias, pues hubo quienes no entendían la estrecha relación entre padre e hijo, dispuestos a empujar juntos el carro del progreso.

La obra se concluyó, y las maledicencias abrieron paso a las burlas. Al no haberse puesto cemento al mortero, sino barro y cascajos, quizás por premura, un considerable aguacero aflojó las junturas de las piedras, y el primer prisionero alojado dentro de la cárcel, un villano dedicado a la cuatrería e inscrito en los registros criminales como «Scoom» Garland, escapó en el propio día y hora de la solemne inauguración, desencajando fácilmente las piedras con un cuchillo mientras afuera la banda de música tocaba marchas festivas. Al verlo asomar la cabeza por el hueco en el muro, la multitud estalló en ruidosas carcajadas, y nadie le impidió dirigirse a una cantina de la vecindad donde se dio a embriagarse, hasta que, inerme, fue apresado de nuevo.

A consecuencia del fiasco de la cárcel tanto Agoston como su padre se vieron forzados a renunciar de sus respectivos cargos. Y resentidos de nuevo sus negocios, su meta era ahora, por fin, San Francisco, que aún bullía de buscadores de oro. En 1857 lo hallamos ya establecido en la antigua misión de Dolores, dedicado otra vez al cultivo de frutales, un año que sería decisivo.

Mientras visitaba la hacienda *Lachrima Montis* del general Mariano Guadalupe Vallejo en el valle de Sonoma, descubrió que aquellos parajes tenían el clima, topografía y suelo de su natal Bacska, por lo que se podían desarrollar allí viñedos de igual calidad. Compró con esa intención tierras vecinas a las del general Vallejo, quien lo imitó en el cultivo de la uva junto con muchos otros hacendados, y otra vez dio a la propiedad el nombre de *Buena Vista,* hoy un concurrido sitio histórico. El general Vallejo vino a ser también mi tatarabuelo, pues sus hijas gemelas Clarinda y Belinda se casaron con dos de los hijos de Agoston, Attila y Arpad, este último mi bisabuelo.

Desarrolló entonces Agoston la técnica novedosa de sembrar las plantas cada tres pies, en lugar de los seis tradicionales, invención suya en la que fue inmediatamente imitado; e introdujo la entonces rara uva roja zinfandel para la factura de vinos, así como la dorada moscatel de Alejandría para la producción de pasas, cepas que le envió el diligente general Meszaros.

Pero no dejaban de perseguirlo las desgracias. En 1855 había fundado en San Francisco la refinería de oro *Eureka Gold and Silver,* una feliz iniciativa, pues a la par fue creada la Casa de la Moneda en San Francisco, que decidió contratar los servicios de *Eureka Gold and Silver* para la refinación del metal y la acuñación de monedas. Al mismo tiempo, Agoston fue nombrado refinador y acuñador oficial de la misma casa, designación que algunos protestaron en los periódicos alegando conflicto de intereses.

La premura en refinar ingentes cantidades de broza hizo que las calderas de *Eureka Gold and Silver* trabajaran día y noche; insuficiente el carbón, se las atizaba con fuelles, con lo que las partículas de oro, liberadas por la acción del cianuro de sodio, empezaron a desvanecerse en la atmósfera. En octubre de 1857 se ordenó una investigación. Fue practicada una auditoría en los libros de la Casa de la Moneda, y forzado de manera arbitraria a renunciar a su cargo, Agoston tuvo que responder ante un gran jurado bajo los cargos de fraude y estafa. El caso atrajo atención de costa a costa, y su nombre se mantuvo en las primeras planas de los periódicos. Sólo al cabo de cuatro años el jurado lo declaró inocente.

Limpio su nombre, fue nombrado superintendente general del cultivo de la uva en el valle de Sonoma. En esta calidad emprendió en 1861 un viaje a Europa en compañía de mi bisabuelo Arpad, y durante esa gira adquirió en Burdeos, Málaga, Heidelberg y Génova, de su propio peculio, cien mil cepas de vid que representaban más de mil variedades; lo mismo que un selecto grupo de cepas de olivos, almendras, granadas, naranjos, limoneros y castaños, cargamento que fue puesto todo de manera generosa a disposición de los demás propietarios.

Aquellos atrevidos métodos, tanto la siembra de la vid en eras más estrechas, como la introducción de nuevas variedades de uva desconocidas en California, dieron pie a que se le culpara de los daños causados por la plaga del piojo filoxera que se desató con gran inclemencia. Y como las cosechas disminuían, y abundaban los problemas financieros provocados por la quiebra de muchos propietarios de viñedos, Agoston debió retirarse del cargo de superintendente. Se ordenó destruir de inmediato las hileras adicionales en los viñedos para regresar al tradicional espacio de seis pies, y las plantas extranjeras fueron arrancadas de raíz y entregadas al fuego. Dichosamente no todas, porque de las cepas de uva zinfandel que sobrevivieron al fuego nació la hoy pujante industria vinícola de California.

También recibió Agoston críticas a resultas de utilizar la mano de obra de inmigrantes chinos para la recolección de la uva, y hubo hasta un folleto en su contra publicado en 1867 en San Francisco, *Yellow Slavery*. Para seguir sumando disgustos, su agente contratista, de nombre Hi Po, tuvo notorias dificultades con la justicia cuando unos doscientos chinos reclutados en Shanghai, y que esperaban para desembarcar en secreto al amparo de la noche, se vieron forzados a lanzarse en racimos al agua de la bahía a causa de un incendio en las bodegas del *Orient Peral*, el barco de carga donde venían escondidos.

Ese mismo año, castigado de nuevo por la diosa Fortuna, hubo de declararse de nuevo en quiebra. Ocurrió que ardieron en *Buena Vista* las bodegas donde se guardaba en barricas el caldo de dos años de cosechas, con lo que se halló en la imposibilidad de honrar a sus acreedores judiciales, y se ensanchó más el abismo de su ruina. Todo parecía terminado, pero no era hombre fácil de doblegar; y así sacó de la manga el as guardado por muchos años.

El coronel William Walker, natural de Tennessee, triunfante en la campaña militar de 1855 que le dio el dominio sobre Nicaragua, había hecho entusiastas llamamientos en los periódicos de San Francisco para que acudieran inmigrantes a colonizar aquellas tierras vírgenes y feraces, muy propias para el algodón, la ganadería y la caña de azúcar; y Agoston puso oído atento. Es cierto que Walker había sido fusilado en 1860 en Honduras, tras fracasar sus empeños de anexar a Nicaragua y al resto de Centroamérica a una confederación de estados del sur, pero las tierras de que hablaba en sus llamamientos seguían esperando la mano civilizadora.

Agoston partió en mayo de 1868 hacia Nicaragua a bordo del paquebote *Ursus,* algo que algunos vieron como su derrota definitiva. Tenía cincuenta y seis años. «His final trip to oblivion», escribió el *San Francisco Chronicle.* Otros juzgaron el viaje una fuga para alejarse de la implacable mano del tribunal de quiebras. Pero Nicaragua no representaba en su espíritu la derrota; desafiar las calamidades era parte de su naturaleza.

No teniendo ya recursos de que echar mano, convenció a su padre de prestarle las cantidades que necesitaría para poner pie firme en su nuevo escenario de conquista. Compró allá una antigua hacienda colonial llamada *San Antonio,* vasta planicie de generosas tierras volcánicas que se extendían hasta la costa misma del océano Pacífico; y llevó desde California la maquinaria e implementos necesarios para instalar un ingenio de azúcar, una destilería de ron, y un aserradero para aprovechar los vastos bosques de caoba existentes en la propiedad.

Lleno de renovado entusiasmo llamó entonces a su lado a su esposa Eleonora y a su hija Otelia, quienes llegaron a finales de 1868 y se instalaron en la casa recién construida en los dominios de la hacienda, diseñada por él mismo. Dos meses después murió mi tatarabuela víctima de la fiebre amarilla, un mal desconocido para ella y para los suyos, producido en aquellas tierras cálidas y pantanosas por el traidor piquete del mosquito *Aedes egipti*.

Eleonora fue sepultada en el cementerio de la vecina población de Chichigalpa un día antes de la Navidad. Agoston, en busca de más ocupaciones que le ayudaran a paliar su dolor, hacía planes ahora para instalar una planta textil, pues se daba bien el algodón en la zona, y también un molino de harina, y organizar una línea naviera que conectara San Francisco con los puertos centroamericanos. Otelia, convertida en su secretaria, escribía carta tras carta a corresponsales en San Francisco, y a las autoridades nicaragüenses.

En marzo de 1869 llegó el anciano padre de Agoston, pero no se adaptó a los intensos calores, y al poco tiempo decidió volver a San Francisco, adonde ya nunca habría de arribar, pues murió frente a las costas del istmo de Tehuantepec, a comienzos de julio. Fue para esos mismos días cuando de manera inesperada Agoston encontró su extraño fin. Pero mejor cedámosle la palabra a Otelia, quien relata el suceso en una carta dirigida a mi bisabuelo Arpad:

«Papá salió muy temprano tras apenas tomar unas cucharadas de su plato de avena cocida, pendiente como estaba del inicio de la construcción del aserrío. Como la mañana estaba nublada, y se barruntaba lluvia, hice que esperara, fui a buscar su capote ahulado y se lo alcancé, ya él montado en la mula. Me dice Lewis, el mecánico que vino desde San Francisco junto con la maquinaria para instalarla, que ya en el lugar donde iban a empezarse las obras del aserrío, papá resolvió que aquél era impropio por hallarse lejos de la vega del río que atraviesa la hacienda, siendo que un aserrío necesita de abundante provisión de agua, y que él mismo buscaría el lugar correcto. Se alejó en su mula, y nunca más volvió a vérsele. ¿Qué pasó con él? Parece, según algunos, que quiso cruzar a pie el río, utilizando como puente el tronco de un árbol caído encima de la corriente, según mostraban las huellas de unas botas que desaparecían en la orilla, y la rama en la que trató de afianzarse se quebró, con lo que cayó al agua, donde dio cuenta de él un lagarto que es viejo habitante de ese paraje. Según otros, el tronco que quiso utilizar como puente no era tal, sino el propio lomo del lagarto, que se revolvió para devorarlo. Días antes había arrastrado a una vaca que aguaba en el mismo sitio, entre horribles y desesperados mugidos, de allí la certeza de que, en todo caso, papá encontró en aquella horrible fiera a su victimario. ¡Si la repugnante bestia hubiera tenido por un instante el entendimiento para saber que se disponía a devorar a un ilustre benefactor del progreso de la raza humana!»

Así terminó aquella dinastía que tuvo por tan enconada enemiga a la Fortuna, impredecible hermana del Destino.

Arpad Haraszthy III, Ph. D.
Profesor retirado de lengua húngara
Department of Foreign Languages
University of California, Los Angeles

Y así, me apalearon y me echaron fuera...

Pobladores de la comunidad Los Brasiles desataron desde ayer una feroz cacería en procura de lograr la captura de un lagarto negro, habitante de una laguna que sirve de albañal y botadero de desperdicios al matadero Don Cándido, donde se procesan reses y cerdos cada día a partir del amanecer. Semejante cacería fue motivada por la falsa noticia de una recompensa de tres mil córdobas por la captura del espécimen, supuestamente ofrecida por las autoridades del Ministerio del Ambiente y Recursos Naturales (Marena).

Desde horas tempranas numerosos ciudadanos de ambos sexos se congregaron en el sitio aludido con la intención de observar los intentos de captura de la bestia. Desafiando el peligro de la contaminación, varios hombres se habían despojado de la ropa para lanzarse a las pesadas aguas sobre las que parece flotar una nata verdosa, uno de ellos con una remendada red de nylon.

«Con el premio yo compraría una bicicleta, y un radio para mi mamá», dijo uno de los cazadores, el agua fétida hasta el cuello. «Yo me lo bebo en guaro», dijo otro, en son de chanza. «Dejá algo para las mieles del placer», dijo el tercero mientras manipulaba la red; a lo cual el anterior respondió: «No hablés tan florido y decí mejor las putas».

«¿No tienen miedo de que el saurio los ataque?», les preguntó este reportero. «Lo más que puede hacer es hartarme una pata, pero qué vale, me queda la otra», volvió a reírse el de la red. La población aglomerada cerca de la orilla seguía atenta las maniobras sin moverse una pulgada, pese a la pestilencia del lugar.

A la pregunta de por qué se hallaba presente, uno de los moradores, de cabeza algo canosa, respondió: «Soy celador nocturno en un banco, debería estar reponiendo el sueño, pero la novedad me atrajo»; y otro, mucho más joven, dijo: «Sin trabajo, todo es diversión».

El lagarto negro, sumamente agresivo, pertenece a una especie en peligro de extinción y su nombre científico es *Cocodrilus acutus;* es el más grande de los saurios que hay en Nicaragua, y puede llegar a medir hasta seis metros de largo. Vive en aguas salobres, como esteros y salineras, y algunas veces lejos de las costas marinas, como en el presente caso.

Al parecer, este habitante de la infecta laguna es la cría de una pareja de lagartos traídos hace algunos años por un pescador que los habría cogido en la ribera del lago de Managua. Se alimenta de los restos del matadero o de animales incautos, aun perros vagabundos, que inadvertidamente se aventuran cerca de su refugio.

A otra pregunta nuestra, uno de los espontáneos cazadores respondió: «¿Perjudicado de la salud por estar aquí metido? Ni que estuviera yo hecho de seda». En varias ocasiones este mismo muchacho se adentró nadando en la laguna para destrabar la red que se atoraba en los breñales.

Cada vez que la red era sacada de la laguna, los curiosos se arremolinaban en busca de ver al animal, pero en ella sólo venían huesos, cornamentas, latas aplastadas, botellas, y desperdicios de toda clase.

«Lo primero que se necesita es acorralarlo, y hasta después echarle la red», comentó uno de los que miraba desde la orilla. «¿Por qué no venías a meterte entonces, vos, sajurín?», le respondió uno de los de adentro. «No quiero ensuciar mis prendas de vestir», dijo el aludido, volteándose para enseñar el fondillo roto, y los demás espectadores celebraron la ocurrencia. Empezó a atardecer, y la fortuna no quiso sonreír a los atrevidos muchachos, por lo que mejor desistieron.

Pero muy temprano de esta mañana, sin que hubiera testigos, el lagarto en cuestión fue lazado por ellos mismos con una soga, cuando se descuidó y salió a asolearse. Arrastrado lejos del agua de manera violenta, y seguramente golpeado con palos antes de ser amarrado al tronco de un árbol, su mandíbula superior quedó completamente fracturada. Se descubrió, además, que se trata de una hembra.

Según el veterinario doctor Sergio Morazán, quien se hizo presente recién consumado el hecho, esta fractura impedirá comer a la cautiva, que tampoco podrá regular su temperatura corporal. «Dado que los reptiles son animales de sangre fría, pasan muchas horas bajo el sol, y necesitan abrir sus fauces para controlar el calor de su cuerpo», explicó.

Tras confirmarse la noticia de que el reptil era hembra, surgió la hipótesis de que podía tener crías en alguna parte de la laguna, pero el doctor Morazán aclaró que esto no es posible, porque la edad aproximada para que el lagarto negro logre su madurez sexual es de cuatro a seis años de vida, siendo que este ejemplar alcanza apenas los dos años, según el examen de vista que le hizo a prudente distancia.

Algún tiempo más tarde se fueron haciendo presentes la licenciada Fátima Vanegas, directora de Aprovechamiento Sostenible del Marena; el licenciado Edgard Herrera, director de Fauna Salvaje de la misma institución; el licenciado Fabio Buitrago, secretario adjunto de la Asociación Mesoamericana de Protección de Saurios; el capitán Eliseo Valdivia, jefe de Rescates del Benemérito

Cuerpo de Bomberos, junto con varios voluntarios del mismo cuerpo; el licenciado Braulio Fonseca, subdirector del Zoológico Nacional; y el comisionado Marlon Ocón, en representación de la Policía Nacional, quien acudió acompañado de algunos efectivos bajo su mando. Entre todos, contando con el consejo del doctor Morazán, llegado por su propia cuenta, deliberaron largo rato sobre la forma de efectuar el traslado del espécimen al zoológico.

Requerido por los captores acerca de la entrega del premio, el licenciado Herrera no tardó en desengañarlos, haciéndoles ver la falsedad del aserto. Enojados, quisieron entonces oponerse al traslado del lagarto, pero los efectivos policiales al mando del comisionado Ocón se encargaron de disuadirlos de cualquier alteración del orden público. Rato después, sin embargo, uno de los reclamantes, de manera subrepticia, y si se quiere vengativa, cortó la cuerda con que habían atado al animal a un escuálido árbol, con lo que, una vez liberado, tan rápido como pudo se arrastró hacia la orilla de la laguna. El hechor fue inmediatamente capturado y esposado.

Las autoridades presentes trazaron entonces un plan de emergencia, y así, desde diferentes puntos a la vez, se hicieron repetidos intentos de lazar a la lagarta, intentos que resultaron vanos ya que lo más cerca que los bomberos voluntarios del equipo de rescate se atrevían a acercarse con el lazo era a unos seis metros de distancia, pues a cada momento, pese a la consabida fractura, abría ella las fauces de manera amenazadora.

La licenciada Vanegas dijo que la animala, con toda razón, no permitía que el equipo de rescate se acercara porque, a consecuencia de los continuos hostigamientos, los lagartos huyen de la gente. Este reportero le hizo ver que teniendo la mandíbula fracturada, se tornaba inofensiva. «No podemos confiarnos —dijo—, es probable que haya decidido luchar hasta la muerte, y un animal herido ya se sabe de lo que es capaz».

El licenciado Buitrago expuso, por su parte, que este ejemplar se halla «en el apéndice número uno de la convención de protección de especies en peligro de extinción, y ubicado en la categoría de veda indefinida», por lo que había que proceder con sumo cuidado.

El doctor Morazán comentó que, en otros países, este tipo de capturas se ejecuta utilizando un fusil especial que dispara proyectiles narcotizantes; el comisionado Ocón le hizo ver entonces que ese tipo de armas sería de sumo peligro en nuestro país si llegara a caer en manos de los delincuentes, ya que fácilmente podrían dormir a sus víctimas antes de cometer cualquier clase de fechoría tenebrosa, desde el robo hasta la violación.

Los bomberos voluntarios decidieron utilizar comida a manera de cebo, y fracasaron, porque el desconfiado animal despreció acercarse a la jugosa oferta de bofes de res donados por el matadero Don Cándido. Luego, el ardid aprobado consistió en atraerlo con un cebo vivo, un perro que su dueño consintió en suministrar por la suma de cincuenta córdobas.

El reportero indagó con las autoridades ambientales presentes si se trataba de un acto de justicia dejar al indefenso perro a merced de las fauces de la fiera, siendo también un animal, aunque no llenara el requisito de hallarse en peligro de extinción; a lo que la licenciada Vanegas, todo lo contrario del criterio expresado anteriormente por ella misma, respondió que teniendo el espécimen la mandíbula lesionada, el can corría poco peligro, y que, además, los técnicos estarían listos para alejarlo en caso de riesgo verdadero.

El espécimen, mientras tanto, se asomó por un momento a la orilla, volteó pesadamente la cabeza en dirección al sitio donde se proseguía la discusión, y luego optó por deslizarse hacia las nauseabundas aguas de la laguna, adonde penetró otra vez, despidiéndose con un airoso coletazo.

El Nuevo Diario, agosto 2000

LEÓN

Pantera leo

Mamífero carnívoro, de la familia de los felinos, originario del sur de África, Asia y Arabia. Tiene su hábitat principal en sabanas, llanuras y desiertos, aunque se le conoce como el rey de la selva. Mide de cinco a ocho pies de largo, y tiene un peso que llega a las quinientas libras, y al macho se le distingue por su proverbial melena. Su expectativa de vida es de quince a dieciocho años, aunque podría vivir hasta los treinta. Se alimenta de cabras, antílopes, cebras e impalas. Sus manadas están generalmente formadas por dos machos, doce hembras, y varios cachorros, aunque se han visto manadas hasta de veinte hembras, diez por cada macho.

Lejos de la manada

Su juventud pasó más rápido de lo que nunca se hubiera imaginado, y si alguien pensara en la juventud como un capital capaz de dilapidarse, digamos que él lo había malgastado en lo que ahora, con algo de arrepentimiento mortificado, podía llamar «el vicio de las mujeres». Su lista de amores, y ninguno de ellos duró nunca más allá de un mes, era tan grande que cuando en las noches de insomnio comenzaba a hacer cuentas de aquellas que habían desfilado por su vida, se perdía en los vericuetos del sueño antes de haber podido recordar los rostros de al menos diez de ellas.

Había dejado atrás la cuesta de los sesenta años, y cuando el Teatro González terminó convertido en una iglesia protestante, como estaba ocurriendo con todos los viejos cines de la capital, perdió su puesto de boletero, y no pudo seguir pagando siquiera el alquiler de su cuchitril en el barrio San Rosa. Volver a Bluefields, de donde había emigrado tantos años atrás, ni pensarlo. Nadie de los suyos quedaba allá que pudiera tenderle una mano. Así que no tuvo más remedio que recurrir a un sobrino, dentista de profesión, que tenía abierto su consultorio en su propia casa del reparto Rubenia.

El único de su familia desaparecida que había prosperado en Managua era aquel sobrino, al grado de tener una profesión universitaria. Recibió bien al tío, a pesar de los muchos años de no verlo, o mejor, a pesar de que era para él un perfecto desconocido. Pero su madre le había

inculcado siempre la fidelidad a la parentela, un sentimiento si se quiere vago, al que ahora se sometía aunque
la madre no estuviera ya para agradecer esa constancia.
Y aquél era, además, el hermano menor de su madre, diez
años menor.

No puede afirmarse lo mismo de la esposa. Siempre
había considerado que venía de mejor familia y despreciaba
a todos los deudos del marido, que caían para ella en la categoría de arrimados, sin excepciones, aunque la verdad es
que formaron siempre una tribu invisible, y lejana, que no
le causó nunca molestias. Sin embargo, por eso mismo su
inquina se hallaba intacta, tanto como sus ínfulas.

A pesar de todo, tras una breve tormenta entre los
cónyuges, consiguió el refugio buscado. Se le dio una exigua
habitación del fondo del patio, que fue desocupada de trastos viejos, y pasó a desempeñar un papel múltiple de celador
nocturno, mandadero, y encargado de asear el consultorio.

Había pocos mandados que hacer, y poco que asear,
pues el consultorio, arrullado por un viejo aparato de aire
acondicionado, era modesto, apenas una silla de dentista
algo caduca y un gabinete de instrumentos de la misma
edad, porque se trataba de pacientes de bajos recursos que
se hacinaban en la salita de espera, donde abundaban revistas descuadernadas, o que habían ido perdiendo las ca-
rátulas, mayormente de modas, del hogar, de la farándu-
la, de fisiocultura, además de unos pocos números de *Geo*
que conservaban la etiqueta con la dirección del dentista,
porque correspondían a una suscripción ya cancelada. De
manera que en sus numerosas horas muertas, su distrac-
ción era repasar esas revistas.

Una vez encontró en uno de esos números de *Geo*
una historia sobre los leones africanos. La historia decía
que cuando a los leones viejos se les dificulta aparejarse a
la manada que sale de cacería, son vistos por los demás

con impaciencia y desprecio. Se vuelven una carga, y a la zaga de la manada, su suerte es resuelta por las hienas, que se ponen con paciencia tras ellos para acosarlos hasta la muerte. Es el fin que la decrepitud depara a los leones débiles por enfermos, a los artríticos, a los que presentan llagas y ulceraciones, a los que falta la vista y no aciertan a saber de dónde les vienen los mordiscos. Nunca se da el caso de que la manada se detenga para defenderlos, enfrentándose a las hienas, ni siquiera asustándolas para que se retiren. Pueden, sin embargo, resignarse a vivir en reclusión en parajes aislados, como si se tratara de asilos de vejez, y hasta allí, en las noches, el viento caluroso de las sabanas les lleva el rugido de las leonas jóvenes en celo, algo que para ellos será como una puñalada en el corazón.

Una lectura así sólo podía causarle una inofensiva melancolía; pero fue en otra revista sobre fisiocultura masculina donde hallaría su ruina. En las páginas finales venía un pequeño anuncio que ofrecía conversaciones amorosas a larga distancia. Ya se sabe cómo es eso. Basta llamar a un número para que una voz femenina, sensual y exótica, a veces descarada, se entregue a conversaciones íntimas, y premie al interlocutor con parlamentos de fingida lujuria, bajo tarifa por minuto. *Atrévete a marcar y juega por teléfono con chicas mojadas y malas, tan malas que no querrás colgar,* decía el anuncio.

Una noche, mientras su sobrino el dentista dormía plácidamente al lado de su esposa en la lejana recámara del fondo, entró al consultorio armado de su lámpara sorda de vigilante nocturno, y marcó por primera vez el número escrito al pie del anuncio. Era un número de Hong Kong, compuesto de muchos dígitos. Respondió en inglés una voz femenina muy cálida, muy honda, y le preguntó si prefería seguir con la sesión en inglés o en español. Cualquier idioma que quisiera.

El nombre de guerra de ella era, no vayan a extrañarse, Leona. Leona Oyango. Y en verdad, en adelante, parecían voces de leonas en celo las que le llegaban por la línea caliente. Unas veces hablaba con Sary, otras con Mildred, otras con Wendy. Había también una Rebeca, y una Isabella. Demasiados nombres como para acordarse de todos cada noche, antes de perderse en los vericuetos del sueño.

Al cabo de dos semanas, los breves minutos a que se atrevía al principio se habían convertido en cuartos de hora, y medias horas. Hubo una de esas conversaciones, ya de las últimas, que tardó exactamente una hora y treinta y dos minutos. Podemos saberlo porque la duración de cada una apareció debidamente detallada en el recibo de varias páginas que el dentista de noble corazón recibió una mañana de manos de su propia esposa. Presa de histeria, gritaba que sería necesario hipotecar la casa para pagar aquella cuenta. Y no había sino un vil culpable al que señalar.

Tal vez ella exageraba un poco. Era crecida la cuenta, pero no tanto como para merecer una hipoteca de la casa. No obstante, el atribulado sobrino, apartando a su pesar las reglas de su madre sobre los sentimientos de fidelidad hacia la parentela, hizo ver al hechor la necesidad impostergable de su partida, con lo que esa misma mañana, mientras el cielo amenazaba tormenta sobre el lago, se vio en plena calle, sin refugio previsible.

Lo único que podía sentir en sus narices, en el aire húmedo y tibio que soplaba como presagio de la lluvia, era un olor. No un rugido, sino un olor. Olor de leonas jóvenes en celo.

MOSCA

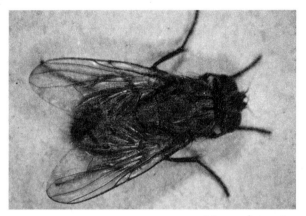

Musca domestica

Puede identificarse por cuatro franjas longitudinales oscuras sobre el dorso del tórax, mientras el abdomen es de color claro. Pueden vivir de catorce a setenta días, y pasan por cuatro etapas: huevo, larva, pupa y adultez. La hembra adulta coloca entre cinco y seis partidas de huevos, las que varían en un número de setenta y cinco a cien, y las larvas nacen en un período de dos a veinticuatro horas. Si todos los huevos de una sola mosca sobrevivieran, y todas las crías también lo hicieran, se llegaría a obtener una población de más de mil millones de moscas en un año, algo que no se cumple debido a que gran cantidad de huevos no llegan a madurar. Lo contrario significaría una catástrofe mundial.

Shakira y La Mosca

Qué es lo que pasa, pasa que lo venció su ciego empeño de conocer en persona a la cantante Shakira, no creerán esa pasión de un niño de apenas doce años que ayer nomás gateaba, irse sin un centavo en la bolsa tras un amor que le quita el sueño, solamente con la mudada que andaba puesta agarró camino solito con la finalidad, me dejó dicho en su carta, de llegar a Miami donde la cantante Shakira como si ella estuviera aguardándolo en la puerta misma de su palacio de artista, vuelvan a ver qué desmesura, querida mamá te aviso te anuncio me voy lejos no me busques que voy para donde Shakira, muy atentamente tu hijo La Mosca, sí, ése es el apodo que le decían en la escuela y él le agarró gusto, La Mosca, *Las autoridades mexicanas repatriaron al menor Raymundo Mario Calderón López, quien salió de Nicaragua el año recién pasado sin autorización de su madre y sin ninguna documentación legal hacia los Estados Unidos con la intención de conocer a la renombrada cantante colombiana Shakira,* qué susto el mío cuando en la mañana lo llamo, ya me estoy yo bañando y desde la caseta del baño le grito que se levante, si viera, haragán para levantarse siempre, haragán en sus tareas de la escuela, pero eso sí, veloz para poner en su boca el nombre de Shakira, dónde no lo conocían gracias a Shakira, Shakira su eterna conversación, pobres que somos, el niño dormía en una hamaquita en el mismo bajareque donde se guarda la leña, un día me lo picó un alacrán gracias a esa carencia de no tener cuarto donde meterlo, pues lo llamo como siempre para que se levante, no contesta, muchacho de porra, pienso, y luego vengo y vuelvo a gritarle, ideay, que sos acaso sordo, tenés que ir a traer la leche mientras yo me baño, agarrá la porrita, el dinero está al lado, sobre la mesa, pero algo me extrañó, mal pálpito, el corazón de una madre siempre va adelante, a esa hora en su radio de pilas ya estaba cantando siempre Shakira, bruñó y bruñó para que le comprara el tal radio, peso a peso se lo fui abonando al turco Salim, mamá mi vida no es nada sin la compañía de su voz, un niño, ay, decía yo, será normal que un niño desvaríe de esa manera por amor de mujer, por eso mismo qué extraño aquel silencio, medio mojada me puse encima la bata, me metí las chinelas, nada, la hamaquita vacía y el viento va de mecerla, el radio no estaba tampoco, Jesús, yo allí parada sin hallar qué hacer y qué veo entonces, un papel prensado con una piedra en el suelo debajo de la hamaquita, me voy lejos no me busques es en vano es mi destino me voy para donde Shakira, *El niño, de once años de edad, logró atravesar la frontera de cuatro países valiéndose de distintos medios de transporte, hasta llegar a la ciudad de Tapachula, en el estado mexicano de Chiapas, y ahí las autoridades de migración lo detuvieron y lo llevaron a un centro de atención de menores donde estuvo recluido por casi tres meses,* salgo entonces como una desesperada, ni siquiera tranco la puerta, corro, para dónde correr, Virgen pura, Chicho, el de la pulpería de la esquina, uno que le vaciaron un ojo en una trifulca de gallera, me avisa que por allí pasó muy al alba cuando él estaba abriendo el negocio, qué rumbo, pregunto, el rumbo de la carretera, me dice, llevaba el radio puesto en el oído oyendo una canción de Shakira, qué novedad una canción de Shakira en su oído, digo yo para los adentros de mi alma angustiada, llego a la carretera, enfrente la estación de buses, cruzo, ya está por dicha mi comadre Susana en su puesto de venta del portón, ella ofrece pan francés con mantequilla y café negro con leche a los pasajeros que vienen y van, fíjese lo que me pasa, comadre, que no amaneció en su cama La Mosca, ah, dice ella, aquí a la estación entró tempranito, bueno, bueno, le dije, qué andás haciendo tan oscuro, algún mandado de tu mamá, no, me dijo, voy a agarrar el bus para Honduras, Honduras, le dije yo, como bromeando, y qué vas a hacer a Honduras, pues a buscar cómo agarrar otro bus que me lleve hasta Miami, ajá, entonces es largo tu viaje, sí, es largo, porque voy para donde Shakira, ah, entonces que te vaya bien, nada, locuras del muchachito, no se preocupe comadre que por allí adentro debe andar, cómo no iba a preocuparme si yo sé lo que tengo por hijo, un niño empecinado en un amor de adulto, me metí a la estación, no me entretuve, fui directo a preguntar si el bus para Honduras ya había salido, salen dos, me dijo un chequeador, uno que va para Choluteca por el rumbo de El Espino, y otro que va para Tegu por el rumbo de Las Manos y los dos ya se fueron, dígame, le dije mientras las canillas me temblaban, no vio si algún niño que andaba solo se subió en alguno de esos dos buses, claro, me dijo, La Mosca, el enamorado ardiente de Shakira, en cuál de ellos, le pregunté, el corazón golpeándome en la boca, agarró el que iba para Choluteca, y cómo es que lo montaron si no anda para el pasaje, porque el chofer que se llama Fernando también es admirador de Shakira y los dos guardan retratos de ella y están pendientes de sus canciones, qué es usted de La Mosca, señora, soy su madre, *Funcionarios del Ministerio de la Familia, al conocer la situación del niño, se comunicaron con sus homólogos del Gobierno azteca a fin de concretar las debidas coordinaciones en vistas de lograr su viaje de regreso, el que tras múlti-*

ples atrasos debido a trámites consulares, se realizó ayer por la vía aérea, habiendo arribado al país en el vuelo vesperti- no de la línea Taca, me fui de allí directo a la policía, lla- maron por teléfono a la frontera de El Espino pero el bus ya había pasado, no se preocupe madre, me dijo la mujer policía que me atendió, muy lejos no ha de llegar sin co- mida y sin reales y sobre todo sin papeles porque pasa- porte no tiene, con qué alma pasaporte si a duras penas tenemos para llevarnos el bocado a la boca, dígame si va a presentar cargos contra ese chofer Fernando por secues- tro de un menor, dice la mujer policía y al mismo tiempo ya está metiendo la hoja de papel en el carro de la máqui- na, yo vacilo, déjeme primero hablar con él porque el chequeador me dijo que hoy mismo en la noche está de vuelta y quién quita mi niño se arrepiente de su aventura y así como se fue vuelve en el mismo bus, como usted quiera madre, dijo la mujer policía, volví a la casa y co- giendo una escoba me puse a barrer por hacer algo, al- morzar, no almorcé, el pensamiento de la comida me re- pugnaba, una dejadez del estómago hasta no tener ganas ni de agua, y ya desde las siete de la noche estaba yo en la estación de buses esperando al tal Fernando y fue hasta como a las nueve que apareció el bus, usted es Fernando, qué se le ofrece, dijo él, un chaparro embutido, cara pi- coteada, con la camisa por fuera larga como un balan- drán, que se balanceaba al caminar igual a un muñeco porfiado, deme cuenta de mi hijo al que le dicen La Mos- ca, pues figúrese que me solicitó que lo llevara a pasear a Choluteca y puestos allá se me desapareció, hombre ban- dido, la cara socarrona le vi, una risita lépera que ya hu- biera querido apeársela de una trompada, pues se ha equi- vocado si piensa que va a jugar conmigo y si no me dice la verdad vamos a arreglar esto en la policía, no me diga se- ñora que usted me va a meter pleito como si no supiera cuánto cuesta un pleito, afrentándome con mi pobreza el muy bayunco, sólo quiero saber la verdad, le dije, ya le dije que se me desapareció en Choluteca, pues yo tengo informes de que usted también es fanático de esa mujer Shakira y cuando se ve con mi hijo sólo hablan de ella, fanático no soy pero me gusta cómo canta Shakira y así también me gusta Selena y eso no significa que alzaría mi pie para ir en peregrinación hasta su tumba, pues mi hijo va a estas horas en peregrinación a buscar a Shakira y usted es culpable, y enojada di la vuelta, pero él al final se habrá apiadado porque me alcanzó, no debería usted señora preocuparse tanto ya que si cruzó la frontera sin papeles es porque iba conmigo pero tenga seguro que de Honduras no pasa y allí va a ver que pronto se lo devuelven, *El menor de once años es originario de la comunidad de San Luis de los Andes, municipio de San Juan de Limay, hijo de una maestra rural que se trasladó a Estelí cuando su marido la abandonó por otra, y como no halló plaza escolar, se gana la vida vendiendo por las calles cigarrillos, chicles y otras golosinas,* dónde más iba yo a ir, volví a la policía, la oficiala me habló de un exhorto pero advirtiéndome que esos trámites tardaban, me preguntó si tenía una foto del desaparecido para ponerla en el exhorto, no, nunca se ha tomado una foto, y al decírselo me puse a llorar, ni una foto para recordarlo, entonces, madre, vaya por favor a la delegación departamental del Ministerio de la Familia, y fui, esto toma tiempo, dijeron también, hay que escribir cartas a las respectivas autoridades de todos aquellos países por donde pueda ir pasando, y al salir de allí, ya puesta en la calle, con el sol picándome en la cabeza, acaté que aunque me acabara de dolor no podía solazarme en sentarme a esperar porque quién iba a proveer mi vida, así que otra vez a la calle con mi bandeja, *La licenciada Martha Emilce Castillo, delegada*

del Ministerio de la Familia en la ciudad de Estelí, dijo
por la línea telefónica que el menor tiene antecedentes de
vagancia reiterada, y que de acuerdo a la opinión que sus
profesores tienen de él en la escuela donde se halla matricu-
lado, su aplicación deja mucho que desear, y en las noches
sólo me quedaba consolarme viendo las cositas que él
había dejado, un trompo con su cuerda de manila, un
bolero, una caja de fósforos rellena de arena que le servía
de taba, botones de camisa para apostar a la taba, sus úti-
les escolares, los cuadernos bien forrados por mí, cada
uno con su rótulo, gramática, aritmética, geografía, y qué
me encuentro dentro del cuaderno de geografía, el mapa
de Colombia bien dibujado con lápices de colores, tarea
puesta por la maestra, pensé, pero no, una gran estrella
amarilla aparecía pintada en el punto donde el mapa decía: Barranquilla, y en su letra de molde las palabras: aquí
viste la luz del mundo, las cosas de este niño, de dónde
toda esa imprudencia, y en el cuaderno de tareas de historia, bajo el título Gloriosa Batalla de San Jacinto y la
pedrada de Andrés Castro, pegado con almidón un retrato de Shakira recortado de alguna revista, y abajo, con la
misma letra: dónde estás corazón título de una canción
tuya amor, en cada cuaderno nada más que Shakira, cuaderno de aritmética, el triángulo escaleno sé que olvidar-
te no es asunto sencillo te me clavaste en el cuerpo como
un cuchillo, el triángulo isósceles pero todo lo que entra
ha de salir, qué lenguaje de maldades era ése, el cuadrado
de la hipotenusa miénteme abofeteáme al menos impro-
visa haz algo original que me haga odiar tu nombre para
siempre, niño obstinado, cuaderno de geografía patria,
los ríos de Nicaragua son a saber: debajo de tu ropa hay
una historia sin fin, tan desprovista la criatura y ansiando
desnudeces, *Mientras estuvo en el centro de detención de*
menores sólo comida de restaurante le daban, según declaró

en la terminal misma del aeropuerto. «No conoció a Shaki-
rá pero aquí en esta valija trae según me cuenta ropa nueva y zapatos que le obsequiaron y se engordó por lo menos»,
dijo su madre, que logró costear el viaje desde Estelí para
recibirlo.

PINGÜINO

Spheniscus humboldti

Además del pingüino de Humboldt, el género *Spheniscus* reúne también al pingüino de Magallanes *(S. magellanicus)*, al pingüino africano *(S. demersus)* y al pingüino de las Galápagos *(S. mendiculus)*. El pingüino de Humboldt se agrupa en numerosas colonias en las áreas rocosas, y habita exclusivamente en las costas del norte de Chile y Perú, donde las aguas frías de la corriente de Humboldt les proveen abundante alimento. De unos setenta centímetros, tiene la espalda negra y el pecho blanco, con una banda blanca que nace en los flancos y sube a la cabeza, bordeando la parte superior de los ojos y la frente. El pico es fuerte y negro con bordes carnosos rosados en la base. Camina con pasos cortos, y por tener las patas muy cerca a la cola, su postura es erecta. Se alimenta mayormente de sardinas y anchovetas. En su hábitat natural vive entre doce y quince años, pero en cautiverio puede alcanzar los veinticinco años.

Tribulaciones de la señora Kuek

El profesor Bruce Bagemihl es el autor de un mal conocido libro llamado *Biología exuberante*. En sus páginas se explica con certitud y elegancia el comportamiento homosexual en más de cuatrocientas cincuenta especies del reino animal. La copiosa lista incluye osos, gorilas, ovejas, garzas flamingas, búhos, salmones, serpientes y abejas. Y también pingüinos. «Lo cierto es que el mundo animal está poblado de criaturas homosexuales de toda estirpe y plumaje», escribe en el prólogo.

No puede decirse que la señora Heike Kuek, directora del Zoológico de Bremerhaven, en el norte de Alemania, estuviera consciente de este comportamiento hasta que hubo de enfrentarse al caso de los pingüinos de Humboldt. Inicialmente el zoológico tenía un total de catorce. De ellos cuatro eran hembras y el resto machos, un número que luego aumentó, como se verá de inmediato. En aquella población, todas las hembras habían encontrado pareja opuesta, y todas habían procreado; pero los seis machos sobrantes prefirieron uniones homosexuales entre ellos, algo que vino a trastornar las expectativas del zoológico, y preocupó a su directora.

Los pingüinos de Humboldt, de los que sólo sobreviven unos cuantos miles en las costas del Pacífico americano, entre Chile y Perú, son una especie en franca extinción, y ella necesitaba mejores resultados en cuanto a su reproductividad en cautiverio. De modo que consiguió que el Zoológico de Estocolmo le vendiera cuatro hembras, jóvenes pero ya suficientemente maduras para el intercambio sexual. El dinero invertido en adquirirlas representaba por sí mismo una pequeña fortuna, por tratarse de ejemplares caros por raros.

Las pingüinas suecas llegaron en marzo, al despuntar la primavera, y fueron puestas juntas en exhibición. Pero el designio verdadero de la señora Kuek no era que el público admirara en grupo a la partida de suecas, sino que los pingüinos remisos a la procreación vieran lo que se estaban perdiendo y se animaran a cambiar de preferencia.

Sin embargo, los pingüinos homosexuales de Bremerhaven no se dejaron tentar. Ni siquiera se dieron por enterados, o así lo aparentaron, de que unas recién llegadas, llenas de juventud, habían sido puestas frente a sus ojos como carnada. Pasaban las semanas, y nada parecía conmover su voluntad de permanecer al lado de sus antiguas parejas.

Entonces la señora Kuek adoptó medidas drásticas. Los pingüinos reacios fueron separados de manera forzosa y se les trasladó a nidos apartados donde debían vivir, bajo estricta reclusión, en compañía de las recién llegadas. Sometidos a aquel secuestro, no tendrían sino que volver por su virilidad y ayuntarse con las hembras.

La medida resultó un nuevo fracaso. Los pingüinos machos se las ingeniaron para librarse de su prisión y regresaron a sus viejos nidos, y así cada vez que se repitió el intento, dejando plantadas a las suecas. Salvo en un caso que llegó a hacerse memorable, y del que luego vamos a ocuparnos.

La preocupada señora Kuek, además del fiasco, sufrió no pocos dolores de cabeza a consecuencia de su acción. El caso recibió publicidad, y llovieron en el sitio del zoológico en la red centenares de cartas promovidas por ligas de homosexuales, desde Austria hasta Australia, en las que se condenaba por cruel el intento de subvertir la relación de parejas establecidas, por medio de procedimientos desleales. La maniobra se juzgaba ilegítima y contraria a la libertad sexual de los animales. El patronato del zoológico la llamó a capítulo, y sólo por dos votos se libró de perder su puesto.

Hay una tesis biológica que afirma que la homosexualidad entre animales no es una circunstancia derivada de la presencia o no de suficientes ejemplares de ambos sexos, y que poco se gana, por tanto, aumentando el número de hembras, o de machos, en una población dispareja.

Según un estudio realizado en la Escuela de Medicina de la Universidad de Oregón por un equipo encabezado por el fisiólogo Charles Roselli, en el que se utilizaron carneros, la sexualidad animal reside en un nudo de células nerviosas del hipotálamo, la región del cerebro responsable de la producción de numerosas hormonas. Roselli bautizó el nudo como «núcleo sexualmente dimórfico» (SDN, según sus siglas en inglés), y presume que allí se controlan también las preferencias sexuales de los seres humanos.

Otros estudios afirman, al contrario, que la conducta sexual es un asunto social. Uno de esos estudios, llevado adelante con macacos hembras por la Universidad de Tokio, bajo la dirección del profesor Mishima, concluyó que la homosexualidad entre animales puede depender de una estrategia de sobrevivencia, y aun de poder. Las hembras estudiadas, en abierta mayoría sobre los machos, resultaron ser bisexuales y particularmente promiscuas. Mostraron una preferencia lésbica, y se solazaban en excitar y atraer a los machos, compitiendo a la vez con ellos por los favores sexuales de otras hembras. La conclusión del profesor Mishima es que ellas imponen su dominio no sólo en la división del trabajo, sino también en las reglas sexuales, mecanismos ambos que les sirven para sostener el matriarcado, característico de los macacos.

Otros estudios registran el caso de los pingüinos africanos de patas negras, parientes cercanos de los pingüinos de Humboldt, que aunque sufren de una tasa poblacional desproporcionada a favor de las hembras, observan una franca conducta heterosexual. Las hembras coquetean profusamente y cambian a sus parejas por otros machos con mejores nidos, pero jamás buscan a otro ejemplar de su mismo sexo.

La señora Kuek creía que vistas estas y otras muchas tesis, no podía alegarse una causa única para conducta tan compleja. Pero ciencia aparte, debemos contar ahora lo que ocurrió cuando, tras la llegada de las pingüinas suecas, una de ellas triunfó en acabar con la relación amorosa de dos pingüinos machos, la gran excepción en el intento subversivo de la señora Kuek.

Kass y Klaus eran una pareja estándar de pingüinos homosexuales. Sostenían una relación pacífica, y jamás alborotaban ni se metían con nadie, de manera que esperaban que nadie se metiera con ellos. Cuando aparecieron las pingüinas suecas, igual que las demás parejas de machos, no les prestaron atención. E igual que los demás, fueron forzados a abandonar el nido y a convivir cada uno con un ejemplar de ellas.

El nombre de la sueca a cuyo lado fue llevado Klaus no viene al caso recordarlo, porque no hubo nunca relación entre ellos. La vio en todo momento con desprecio, y la abandonó una y otra vez para regresar siempre al nido, hasta que cesaron los intentos de la señora Kuek. Mientras tanto, Kass fue llevado al lado de otra de nombre Wendel. Dos veces volvió al nido al lado de Klaus. Pero la tercera ya no.

La mañana en que Kass amaneció en el nuevo nido, tras pasar la noche entera al lado de Wendel, el guardián de turno llamó a la señora Kuek a su casa para darle la buena nueva, y ella acudió de inmediato. Todo tenía la apariencia de un idilio, y ella pensó que había derrotado los malos augurios, al menos en este caso. La nueva pareja disfrutaba plenamente de su mutua compañía, como siguieron demostrándolo en los días sucesivos. No se separaban nunca. Se echaban juntos sobre las rocas, por el mero placer de hallarse uno al lado del otro, y juntos solían pasear también por los parajes en que se asentaba el nido lejano en que los habían colocado.

No tardó la señora Kuek en sacarlos de su confinamiento y restituirlos a la comunidad. Se les dio un nuevo nido nupcial, y a nadie pareció importarle que ese nido quedara muy cerca del que antes habían compartido Kass y Klaus, donde ahora Klaus había regresado a vivir en soledad.

De Klaus se sabía poco, por su carácter apartado. Y como es natural en estos casos, acusó el golpe del abandono. Se negaba a comer, y se mantenía dentro del nido, sin deseos de ver a nadie, de cara a la pared. Pero unas semanas después, mostrando una conducta agresiva que nadie le sospechaba, se introdujo por la fuerza en el nuevo hogar, dispuesto a dejar en escombros el nido nupcial. Kass no tuvo piedad de su antiguo amante. Le cerró el paso, se trabó en lucha con él, y lo picoteó hasta hacerlo sangrar. Wendel, por el contrario, de naturaleza frágil y delicada, se mostró llena de espanto.

La señora Kuek consideró que aquella lucha demostraba un cambio irreversible de conducta para Kass, y tuvo la certeza de que pronto la nueva pareja daría un hijo al zoológico. No era sino asunto de esperar.

Pero pasó un año, y otro. En el nido, a pesar de que Kass y Wendel se apareaban con frecuencia, quizás con la misma frecuencia que al principio, y con el mismo ardor, no apareció nunca un solo huevo. En cambio, las noticias eran de que se empeñaban en incubar piedras. Más notable fue que un día, el guardián encontró a Wendel arriba de Kass en la sesión amorosa. De la extrañeza se pasó a las sospechas, y de allí a las murmuraciones.

Los pingüinos no tienen órganos sexuales externos, de modo que no hay forma de diferenciarlos tan sólo con la vista. Entonces la señora Kuek, mordida ya por la sospecha, ordenó una prueba de sangre para determinar el género de Wendel. Cuando conoció el resultado no pudo recibirlo sino con desmayo. Wendel también era macho.

Estaba harta de escándalos y no quería provocar otro, ni quería más choques con el patronato. Entonces ordenó que los dejaran en paz, y decidió mejor aprovechar la circunstancia para confiarles un huevo verdadero quitado a unos padres primerizos poco hábiles. Que lo incubaran, si tanto insistían en hacerlo con las piedras.

Kass y Wendel empollaron el huevo no sólo con entusiasmo, sino también con seriedad y esmero. Así ayudaron a dar a luz a una hembra, bautizada Tango, que también les fue confiada, y empezaron a criarla como si fuera su propia hija. Una unión en todo sentido ejemplar.

Pero ahora han dicho a la señora Kuek que se ha visto a Klaus, el amante despechado, rondar el nido de los padres adoptivos, no en plan agresivo, sino en el de tímido seductor que insiste en volver por lo suyo. Wendel ha tenido que salir a enfrentarlo ya varias veces, a pesar de su carácter frágil, lo que es causa de continuos escándalos en la vecindad. Mientras tanto Kass se hace el desentendido, o parece disfrutar con las escenas, sin ningún ánimo de tomar parte.

Si una mañana no aparece en el nido, ya la señora Kuek sabe a qué atenerse.

POLLO

Gallus domesticus

De la orden galliforme de las aves, familia *Thesienidae,* tiene un período de gestación de veinte a veintidós días. La puesta de una gallina consta de uno a cinco huevos, y el polluelo pesa al nacer cincuenta gramos, siendo su peso de adulto de 1,5 a 3,5 kilos en ambos sexos. Su período de maduración sexual es de dieciocho a veinticuatro semanas. Entre sus enfermedades más comunes se hallan las urinarias, el linfoma salmonela, el canibalismo, las fiebres endémicas, el moquillo y la morriña, pero también la obesidad causada de manera artificial, y las demás que resultan del encierro y el hacinamiento.

Treblinka

Deseo explicar, en primer lugar, a quienes han tenido la bondad de asistir a esta conferencia en número que de todas maneras ya esperaba limitado, el porqué de mi presente dedicación y entrega a estudiar la situación social de esos seres que con no poco desprecio llamamos animales, y particularmente la situación de los pollos. Quizás alguno de ustedes recuerde que, como empresario avícola que fui hace años, se me llegó a conocer como «el Midas del pollo crudo», perverso reinado durante el cual las desgraciadas aves sufrieron por mi causa las inicuas maldades de que siguen siendo víctimas en el orbe terrestre.

Otros de entre ustedes podrán pensar que mi preocupación acerca de los constantes abusos a que son sometidos los pollos, tema de esta y otras futuras conferencias que pretendo dictar como parte de la cruzada que ahora emprendo, nace del estado de ociosidad que una edad como la mía impone; o acaso de la amargura provocada por el ruidoso fin de mi antiguo negocio, del que se ocuparon suficientemente los periódicos. Pues bien. Si el ocio sirve para consagrarse a una causa noble, bienvenido sea; y en cuanto a lo otro, aquel dramático final de mi conglomerado de empresas de crianza, destace y expendio de pollos, nunca me evoca amargura, sino paz de conciencia. Final que fue provocado deliberadamente por mí, tal como al final de mi exposición tendré el gusto de confesar.

Sepan por el momento que tuve de pronto la revelación de que era yo responsable de la comisión diaria de hechos de crueldad que terminaban en el crimen en masa. Si Saulo tuvo en el camino de Damasco una iluminación tan violenta que lo hizo caer del caballo, mi propia iluminación me hizo caer a mí del caballo llamado éxito. Y así me fue permitido ver que era yo ni más ni menos que el jefe de un campo de concentración donde a diario eran exterminados miles de seres.

Extrañarán acaso que dé el nombre de seres a los animales. Pero los animales, señoras, señores, saben de los sufrimientos que se les infligen, y son capaces de sentir dolor, y de afligirse ante ese dolor, no sólo ante la tortura física, sino también ante la tortura mental, así el sentimiento de la proximidad de la muerte, que tanto a ellos como a nosotros nos llena de espanto. Llamarlos brutos no es más que una manera de acallar nuestra conciencia. Mas no he venido, respetable auditorio, a filosofar esta noche, sino a exponer hechos.

No será una novedad para ustedes que considerable parte de los animales termina cada año como regalo de nuestras mesas después de haber recibido la muerte, las más de las veces de manera infame. El venir al mundo en forma de aves, reses, o cerdos crea para ellos la desgracia de que su carne sea codiciada, y por eso se les niega la vida libre y natural a que tienen derecho. Su sino es el cautiverio, condenados primero a cadena perpetua y luego a la ejecución, aunque el mundo, con todas sus galas, fue hecho para su disfrute, igual que para nosotros.

Estos hermanos, sí, déjenme llamarles de una vez hermanos, padecen la extirpación de sus picos y el cercenamiento de sus patas en el caso de las aves; la castración a sangre fría en el caso de los cerdos y toros, y otra vez de las aves; el herraje con fierros candentes y la mutilación de cuernos en el caso de las reses, sólo porque sin ellos ocupan menos espacio en los establos, o en camiones y vagones al transportarlas.

La vida de los cautivos, reses y aves, transcurre dentro de minúsculos espacios de concreto, contenedores y jaulas metálicas, aterrados y en constante zozobra, sin saber qué va a ser de ellos el día de mañana. Y su temor y padecimiento culminan únicamente cuando se les traslada a los mataderos, y desde que entran en capilla ardiente no reciben ninguna clase de consuelo, ni agua ni alimento alguno, y más bien se les expone a condiciones extremas durante el proceso de su ejecución. ¿Saben ustedes que muchos se hallan aún en pleno uso de sus facultades cuando los cuelgan de los ganchos para abrirlos en canal, o para decapitarlos, y aún siguen vivos cuando les arrancan la piel o las plumas?

Quizás la rectitud de costumbres del selecto número de los presentes, y su respetable edad, resientan ciertos ejemplos que voy a citar, acerca de métodos utilizados por estrellas famosas para defender la causa de los animales, por lo cual pido excusas adelantadas.

La actriz del celuloide Pamela Anderson, por ejemplo, apareció no ha mucho cubierta apenas por hojas de lechuga en un anuncio de televisión que exhorta al consumo de vegetales frescos, frijoles, arroz y otros granos nutritivos, en lugar de carne. ¿Es edificante mostrar la desnudez en apoyo de una causa? Oigamos de los propios labios de ella la respuesta: «Nuestros prójimos los animales necesitan el apoyo de figuras célebres que capten la atención de los medios de comunicación y del público. Nos guste o no, la sociedad en la que nos ha tocado vivir funciona así. De alguna manera, estamos combatiendo al sistema desde dentro».

Pero no sólo Pamela utiliza su desnudez como arma, distinguida audiencia. En una reciente exhibición de modas de la casa Versace en París, desfilaban las bellas y estilizadas modelos por la pasarela cuando, de pronto, todas ellas se despojaron de sus ropas, y exclamaron al unísono de cara al público: «¡Antes desnudas que con pieles! ¡Alto al baño de sangre!». No es que yo apruebe semejante tipo de conducta, que debo reconocer libertina, pero no puede negarse que el gesto de estas estilizadas damitas sirvió para recordar que osos, zorros, tigres, cebras, y aun reptiles, son sacrificados por miles cada año para servir a la vanidad de aquellas que compran abrigos de pieles a precios escandalosos.

Permítanme citar también a Paul McCartney, quien ha exclamado, con voz de profeta: «¡Llegará un día en que la carne desaparecerá de las vitrinas y de los mostradores de las carnicerías!». Así será. Nosotros, los seres humanos actuales, seremos vistos por generaciones futuras igual que ahora vemos a los sanguinarios hombres de las cavernas.

Si los animales hablaran, si llegaran a insurreccionarse alguna vez, el mundo conocería de propia voz de ellos la medida de tanta injusticia. Habría rebelión en las granjas, en los mataderos de reses, cerdos y aves de corral, en los ruedos de toros, en los hipódromos, en los canódromos, en los circos, en las perreras, en los zoológicos, en los laboratorios, en nuestros refrigeradores y en nuestras mesas. Sería un pavoroso coro universal de gritos, de alaridos y de aullidos de venganza que nos haría correr por nuestras propias vidas.

No nos damos cuenta hasta qué punto el hecho de vestir un abrigo de piel, o de atracarnos de carne, de huevos o de leche, o de asistir a una corrida de toros, a una pelea de gallos, a una carrera de caballos, o de perros, significa cavar cada vez más hondo nuestras propias tumbas. Los animales no nos pertenecen, ni son inferiores ni están en este mundo para servirnos. Son seres vivos, como nosotros, que sufren y padecen cuando los torturamos, los explotamos o los matamos vilmente, por pura codicia de nuestros sentidos, por nuestra gula, y por divertirnos a costa de ellos.

¡Diversiones propias de bárbaros! Las corridas de toros, donde los animales, sin saber adónde se les ha llevado, encerrados en un chiquero oscuro, son puestos de pronto en el ruedo, y deslumbrados por la intensa luz solar, no tienen más alternativa que embestir para defender su vida, de todos modos sacrificada al filo de un estoque clavado en su testuz. ¿Y las peleas de gallos? Navajas afiladas que se amarran a las patas de los contendientes, obligados a una conducta feroz en busca de sobrevivir. Tenemos también el caso fúnebre de los circos: chicos y grandes se solazan bajo la carpa a costa de los animales maltratados, explotados, confinados en jaulas, o que sirven de hazmerreír, humillando así su naturaleza, como ocurre a los monos. Si alguno de ellos, león, tigre, o pantera, se toma alguna vez venganza agrediendo a los domadores, nadie se queje después.

En Estados Unidos, país rico como pocos, y cruel con los animales como pocos, con una dieta rica en carne y leche, cada ciudadano es cómplice y beneficiario a lo largo de su vida del abuso y sacrificio de un promedio de dos mil cuatrocientos cincuenta animales, al comerse unos dos mil doscientos ochenta y siete pollos, noventa y tres pavos, treinta y cinco cerdos y quince vacas o terneras. ¿Cuál es el precio que paga, sin embargo? Obesidad, diabetes, colesterol, infartos, derrames cerebrales, apoplejía, atrofia del hígado, intoxicación de la sangre, cáncer gástrico, cáncer de la próstata. ¿No es ésta una venganza justa del reino animal?

Ahora, distinguida audiencia que me escucha, quiero pasar directamente al delicado tema de los pollos. Debo decir, de entrada, que estas aves son tan inquisitivas e inteligentes como los perros y los gatos. Cuando se hallan en su medio natural, forman hermandades y sociedades jerárquicas, se reconocen unos a otros, aman y protegen a sus polluelos, y disfrutan una vida plena, construyendo nidos y durmiendo en los árboles.

Pero los pollos de crianza industrial están privados de una vida pacífica semejante. Permanecen apretujados por cientos de miles en galeras malolientes; no pueden moverse, pues cada uno vive en el espacio equivalente a una hoja de papel. Estos seres son llevados a las cámaras de ejecución cuando apenas tienen dos meses de edad, siendo que su rango natural de vida es de diez a quince años, si se les dejara vivir.

Víctimas inermes, padecen degradación y angustia durante sus cortas vidas. Sus instintos naturales y necesidades son ignorados. Desde los comederos al destace, se hallan sometidos a una interminable cadena de iniquidades. Sufren mutilaciones, hacinamiento, enfermedades, quemaduras con amoníaco, abuso de antibióticos, gordura forzada, y extremo estrés. Las plumas, intestinos y aguas servidas, que se deberían descartar durante el proceso, son reciclados rutinariamente como alimento para estas criaturas; los expertos consideran que este canibalismo forzado está llevando a la galopante epidemia de salmonela en las granjas de pollos, y no sería raro que pronto apareciera la enfermedad de los «pollos locos», pues es el canibalismo el causante de esa enfermedad, como ocurre con las «vacas locas».

En las granjas de procesamiento, señoras y señores, se cometen asesinatos en masa en una escala difícil de comprender. La vida de los pollos es un eterno Treblinka. Las víctimas son primero colgadas de cabeza en los ganchos de metal de una banda transportadora. Después pasan por un aparato que las decapita con una zumbante navaja afilada, o se las sumerge en un tanque electrizado. Es horroroso que puedan ser testigos de su propia suerte y de la de sus congéneres a medida que se acercan al cadalso. Y cuando alguno de ellos, ya colocado en la banda transportadora, no llega a ser alcanzado por el filo del cuchillo, o por la descarga del tanque electrizado, gracias a algún defecto del proceso de producción, su muerte ocurre entonces de manera peor, en el tanque de agua hirviente donde las plumas se suavizan antes de ser arrancadas.

El trabajo de decapitar uno a uno a los pollos en incesante sucesión, cuando no lo hace la máquina, queda a cargo del hombre. Un operario, armado de una filosa navaja corva, espera que la banda transportadora haga pasar a cada condenado frente a su mano de verdugo, y de un solo tajo cercena sus cabezas. Casos se han conocido de personas que dedicadas a este trabajo por años han terminado en estado de locura irreversible, y entrenados como criminales psicóticos, verdaderos asesinos en serie, han dispuesto en la misma forma de la vida de otras personas, degollándolas sin misericordia. ¡Oh venganza terrible de las víctimas, desde sus tumbas que son nuestros estómagos!

En las granjas dedicadas exclusivamente a producir huevos, los polluelos machos nacidos de gallinas ponedoras son liquidados en masa, por inútiles, a través de diversos métodos, entre ellos la asfixia, los gases venenosos, o su enterramiento, muchas veces aún vivos. ¿Me equivoco al evocar los campos de concentración? ¿Es errada la comparación con uno de los peores entre ellos, Treblinka? Pero no para allí. En el nombre de la «ciencia de crianza de pollos» son realizados horribles experimentos genéticos, sólo dignos de aquellos de los que se ufanaba Himmler en la Alemania nazi.

Ya dije que mi espíritu se transformó gracias a una revelación, y que gracias a esa revelación fui capaz de abandonar el camino que mi vida llevaba. Si no tienen inconveniente, me dispongo ahora a relatarles cómo ocurrió.

En el año de 1980 fui invitado a los Estados Unidos para asistir a los funerales del fundador de la célebre cadena de pollos fritos Kentucky, el coronel Harland Sanders, honor que recibí por ser yo concesionario local de la franquicia. Fue así que llegué por primera vez a su ciudad natal de Colvin, allí donde en 1939 había freído el primer pollo adobado con la receta de su inspiración, una mezcla de once hierbas y especias cuya fórmula nunca se ha revelado; no me había sido dado conocer al coronel en vida, y sólo ya muerto iba a tener la oportunidad de hacerlo.

Fui introducido a la capilla funeraria, y me acerqué a su cuerpo yacente para rendirle el último tributo. En el féretro descubierto, parecía que el coronel, vestido de blanco, con corbata de moño negro, y barbita de chivo, como se le ve en los anuncios y emblemas, no tuviera ya nada más que decirme si suficiente me había dicho ya con su vida; pues, como hombre salido de la nada, fue siempre mi modelo, ya que yo también me había alzado de la nada.

Él comenzó ofreciendo en un restaurante de pocas mesas al lado de una bomba de gasolina sus piezas de pollo frito empanizado; yo comencé vendiendo pollos congelados por libra en un tramo del mercado San Miguel en Managua. A él las autoridades lo forzaron a cerrar, porque sus fogones de gas eran inconvenientes en vecindad con un combustible tan volátil como la gasolina; a mí el incendio que se llevó el mercado tras el terremoto de 1972 me dejó en cenizas mi negocio. Él salió entonces con sus freidoras, cajas de hierbas y especias e implementos de cocina metidos en la parte trasera de su vieja camioneta de acarreo, a buscar donde establecerse otra vez; yo me dediqué entonces a vender los pollos crudos de puerta en puerta en una camioneta de segunda mano con altoparlantes. Él volvió a establecerse, y pronto tenía ya una pequeña cadena de restaurantes, mientras la fama de sus pollos volaba de una población a otra; yo de una camioneta pasé a tener cinco, y necesité agentes vendedores. Él inscribió una franquicia que amparó con su imagen y su nombre, y llegó a ser el rey mundial del pollo frito; yo llegué a ser en este país el Midas del pollo crudo.

Al contrario de lo que yo creía, sí tenía algo que decirme más allá de la vida. «¿Por qué los perseguimos?», lo oí susurrar. Y yo, en aquel ambiente de flores que ya se marchitaban, pregunté a mi vez: «¿A quiénes?». «Pues a los pollos», respondió el coronel. Y me dio entonces la orden, que me dispuse de inmediato a cumplir: «No perseguirás más, no matarás».

La noche misma en que regresé, del aeropuerto fui directo a mi planta de producción de pollos en las afueras de la ciudad, la más grande y moderna del país, capaz de abastecer nuestros puntos de venta en todo el territorio nacional, nuestros restaurantes bajo la franquicia del coronel Sanders, así como a mercados y supermercados, hospitales y cuarteles.

El aire aventaba ese olor que yo me había acostumbrado a sentir a lo largo de los años, un olor marino que emanaba del excremento de los pollos, alimentados con concentrados compuestos mayormente de harina de pescado. Bajo las frías luces del inmenso perímetro donde se alzaban las galeras destinadas a la cría y engorde, y las que servían como mataderos, y los frigoríficos, las bodegas, flotaban ingrávidas, en multitud, las plumas que siempre lograban escaparse de las tolvas succionadoras, y me pareció por primera vez en mi vida que entraba en un paisaje desolado y extraño.

Lo que cubría aquel paisaje no era el silencio propio de un domingo en que no se trabajaba en turnos nocturnos, sino un intenso rumor, como el de un coro de penitentes, producido por el cacareo incesante de los pollos que aguantaban la noche bajo la intensa luz de los focos que les impedía dormir. Era un coro sostenido que parecía extenderse sin límites. Unas almas en agonía respondiendo a otras sin darse descanso.

Ya sabía lo que tenía que hacer, de acuerdo a las instrucciones recibidas. Ordené a los vigilantes que colaboraran conmigo en abrir las jaulas y luego los portones de las galeras, y aunque extrañados al principio, y si se quiere espantados, cumplieron con obedecerme, y fui yo quien les dio el ejemplo al proceder a abrir la primera de las jaulas.

Las miles de criaturas se lanzaron a carrera abierta hacia los portones, y entre cloqueos de alegría se atropellaban para saltar por encima de los cercos, atravesando en multitud la carretera y los caminos vecinales, y mientras iban perdiéndose de vista al amparo de la noche, aquel rumor se volvió lejano, hasta desaparecer. El coronel Sanders sonreía desde alguna parte, y yo podía entonces decirle: «Son libres al fin».

En los periódicos se dijo que yo había enloquecido al ejecutar aquella liberación en masa, según algunos de ustedes, amigos, amigas, deben recordar. Mis peores detractores fueron mis mismos familiares, coludidos con los ejecutivos de mi empresa. Pero no fueron solamente aquellas criaturas las liberadas. Yo también. Y ahora, tras años de silencio, me propongo llevar adelante esta cruzada, que ha empezado esta noche delante de ustedes.

Les agradezco haberme escuchado con tanta paciencia. Muchas gracias.

PULGA

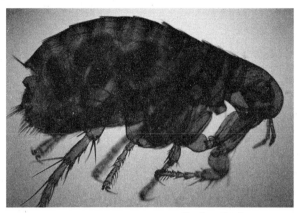

Orden Siphonaptera

Diminuto insecto de color café o negro, que no posee alas y vive de sangre animal y humana. Sólo salta para alimentarse y luego se retira, por lo que se estima que por cada pulga hallada sobre un animal o persona, se encuentran unas cien en el entorno cercano. Puede saltar hasta un pie de alto, hazaña imposible de lograr para un ser humano si fuera del tamaño de la pulga. Su vida dura de tres a cuatro meses, y aunque ciega, se distingue por su poderoso olfato. La hembra deja sus huevos en lugares tibios y sombríos, como por ejemplo bajo los muebles, en grietas de muros y pisos, y en tierra húmeda.

Fosa común

A las ocho y media de la mañana de ayer, un soldado que hacía guardia en uno de los torreones del Cuartel General del Ejército al lado del cráter de la laguna de Tiscapa divisó flotando boca abajo, entre desperdicios de basura, el cadáver del niño ahogado hace tres días. Debido a que la orilla es escarpada, trabajadores de la Alcaldía de Managua efectuaron el rescate a bordo de una panga, y con una cuerda lograron atar de la cintura a la infortunada víctima.

Se trata de «La Pulga», de doce años de edad, quien, como se recordará, pereció la mañana del lunes en las contaminadas aguas de la laguna. Algunos testigos menores de edad afirman que fue empujado por otro niño drogadicto, alias «Chorizo», tras un pleito por un vaso de pegamento del que usan los niños «huele pega» para inhalar. Este pegamento es un material químico de color amarillo, fabricado a base de tolueno, que se usa en zapatería; su olor produce adicción, y los niños lo inhalan en envases de vidrio de los que contienen alimentos de bebé. Se cuentan por centenares los niños sin hogar enviciados con esta droga.

Al parecer, a «Chorizo» le remordió la conciencia y se lanzó al agua en busca de salvar a «La Pulga», que era su íntimo compañero de andanzas, pero tampoco logró salir con vida. No obstante, su cuerpo pudo ser rescatado el mismo lunes. Aparentemente el cadáver de «La Pulga» se quedó enredado en los breñales del fondo, y sólo subió a la superficie debido a los gases que provoca la descomposición.

Ninguno de los dos occisos tenía domicilio conocido, ni familia que haya podido ser identificada, y los mismos testigos menores de edad afirman que solían dormir donde les daba la noche, a veces en las ruinas de los edificios destruidos por el terremoto de 1972, o en los callejones del Mercado Oriental. El cuerpo de «La Pulga» fue remitido al Instituto de Medicina Legal para que le sea practicada la autopsia correspondiente. De no ser reclamado por nadie, y así es de esperar, será sepultado en una fosa común del Cementerio General de Managua, tal como ocurrió con «Chorizo».

PULPO

Octopus vulgaris

Animal marino invertebrado con ocho brazos alrededor de la boca, provistos de ventosas, de donde viene su nombre *Octopus*. Todos estos brazos o tentáculos son, en conjunto, más largos que su cuerpo globuloso. Su longitud llega a rebasar el metro y medio, incluyendo los brazos, y su peso, según el tamaño, puede llegar a los quince kilos. La reproducción de los pulpos se hace en el invierno, cuando se acercan al litoral pegándose a las rocas para copular. En estas mismas rocas, las hembras fecundadas depositan y fijan los huevos. El pulpo se alimenta por las noches de bivalvos en grandes cantidades, y pequeños peces que arrastra a las grutas donde se esconde en el día.

Octopus erectus

Un grupo de investigadores científicos descubrió que los tentáculos de los pulpos machos de aguas poco profundas son eréctiles. La erección es clave en las relaciones sexuales de los machos de las especies vertebradas, pero no se sabía hasta ahora de ningún caso en que semejante función beneficiara a los invertebrados.

Joseph Thompson, profesor asistente de Biología de la Universidad de Saint Joseph de Filadelfia, y Janet Voight, del Museo de Historia Natural de Chicago, hicieron público su descubrimiento en un artículo aparecido en el *Journal of Zoology,* y accedieron a comentarlo con los periodistas.

Según su hallazgo, los pulpos machos utilizan durante la copulación la punta de sus ocho tentáculos para depositar en el órgano sexual de las hembras pequeñas bolsas llenas de espermatozoides llamadas espermatoforas. En la práctica, vienen a ser ocho penes en actividad.

«No es sorprendente que nadie lo haya notado antes —afirmó Thompson—. Los pulpos, hembras y machos, conocidos por su inteligencia y comportamiento complejo, son animales tímidos y se ocultan durante el acto sexual como lo haría cualquier pareja, lo que hace difícil observar su copulación».

«¿Para qué necesitaría un pulpo tener una erección?», se preguntó el doctor Thompson. «Para lo mismo que la necesitan otros animales, incluyendo el hombre, pues de lo contrario sería imposible la penetración», se respondió él mismo. «Y cuando el deseo sexual cesa, cesa la erección. Esto revela también que se halla de por medio el deseo, que tiene una relación de causa y efecto con las erecciones.»

La doctora Voight dio la razón en este punto a su colega. «El tejido eréctil sirve a los pulpos para disponer de un órgano copulatorio firme cuando se halla de por medio el deseo sexual, y para mantenerlo en distensión en caso contrario. Nadie, ni un pulpo, podría andar por todas partes con una erección permanente, sobre todo si, como en este caso, se trata de una erección múltiple y simultánea.»

La doctora Voight no se atrevió a responder a la pregunta acerca de la disfunción eréctil de los pulpos por causa de la edad. «Es un punto de la investigación aún pendiente», dijo.

Reuters, 2003

RENO

Rangifer tarandus

Los renos pertenecen al grupo artiodáctilo de mamíferos cérvidos, y se caracterizan por tener las astas muy ramificadas, un cuerpo pesado y las patas relativamente cortas. Son inteligentes, astutos y prudentes. Sus astas ramificadas son producto de las condiciones del clima ártico, pues les sirven, entre otras cosas, para escarbar la nieve en busca de alimento.

Miden entre 1,80 y dos metros de longitud. Su cola es bastante corta, de alrededor de trece centímetros. Los cuernos son propios de los dos sexos, aunque los de las hembras suelen tener menor tamaño y son menos recortados que los del macho. El período de celo de las hembras se da entre septiembre y octubre, y su preñez sufre retardo para que el parto ocurra cuando comienzan los deshielos de primavera, de modo que la cría sea recibida en condiciones más benignas.

Cuento de Navidad

Biólogos estonios que investigaron las imágenes canónicas de los ciervos que tiran los trineos de Santa Claus afirman que estos hermosos rumiantes son machos castrados, informó hoy en programa especial la emisora de radio Eco de Moscú.

De acuerdo a los científicos, los renos machos pierden sus cuernos macizos y ramosos antes de la Navidad, salvo que hayan sido castrados, en cuyo caso los conservan hasta enero, y es así que aparecen en las tradicionales postales navideñas y libros infantiles.

La condición de *castrati* de los renos se demuestra también por su peso y alzada, pues al ser privados de los testículos tienden a engordar, como ocurre con los cerdos y con los pollos capones. La remoción de los testículos, y por lo tanto la eliminación de las hormonas sexuales, los vuelve así mismo dóciles y taciturnos, al quedar anulado en ellos el instinto natural de empuje y agresividad propio de la condición masculina.

Pero la energía que normalmente los machos de su especie gastan en pelear, cortejar a las hembras y proteger su territorio, los renos reducidos a semejante condición la utilizan en su capacidad de tracción, que se ve sensiblemente aumentada. Por esa razón es que a los animales de tiro se les priva de su virilidad, como ocurre con los bueyes.

El procedimiento que se sigue para castrar a cada nueva generación de renos navideños en el Polo Norte es el de sostener fuertemente al animal y rajarle el escroto con un cuchillo, dejándole los testículos al aire. Entonces se agarra cada testículo y se tira de él, rompiendo el cordón que lo sujeta; cuando los animales no son tan jóvenes, puede ser necesario cortar además el cordón. Luego se les aplica un emplasto de nieve en la herida.

Los biólogos también investigaron la causa de que las narices de los renos uncidos al clásico trineo sean rojas, y constataron que se trata de un claro síntoma de la presencia de parásitos en los orificios nasales, y no del efecto del intenso frío polar, como se suponía antes.

La emisora recordó que hasta mediados del siglo pasado los trineos de Santa Claus solían tener ocho renos, que pasaron a ser nueve tras la salida en 1949 de la famosa canción de Johnny Marx *Rudolf, el reno de la nariz roja.*

Rudolf, enganchado por delante de la cuadrilla de tiro, y favorito de Santa Claus, es también un reno despojado de su virilidad, y seguramente desdichado, e igual que los otros, víctima de los parásitos alojados en su nariz.

TIGRE

Pantera tigris tigris

El más grande entre la familia de los félidos, tiene un tamaño promedio de tres metros y logra alcanzar los trescientos quince kilogramos. Aún habita desde Turquía hasta la península de Indochina, en las islas del archipiélago de la Sonda, y en Siberia. El tigre de Bali, el más pequeño de todos, se extinguió en 1940. El tigre caspio, que vagaba por Afganistán y Rusia, quedó extinguido en 1960. El tigre de Java no ha sido visto más después de 1972. Todavía quedan algunos tigres de Bengala, de Indochina y de Sumatra.

Se alimenta de ciervos, antílopes, búfalos, cerdos y vacas. Su piel, amarilla rojiza con franjas verticales oscuras, le sirve de camuflaje para cazar. Existe también el tigre negro, cuando el color amarillo es remplazado por un pardo oscuro, y el tigre blanco, con franjas negras, o sin ellas; en este último caso, un gene defectuoso produce la decoloración de su piel, igual que ocurre con los albinos entre los humanos, y el mismo gene hace que tengan los ojos azules. Los tigres blancos parecían haberse extinguido, hasta que en 1951 el maharajá de Rewa encontró uno al que bautizó como Mohan.

Cuando un tigre mata a un ser humano se convierte en un «comedor de hombres», pues adquiere para siempre el hábito. Aun aquellos que son domesticados desde recién nacidos conservan intactos sus instintos.

Padres e hijos

Para Carlos Castaldi

La visita al hotel MGM-Mirage en el corazón de Las Vegas es algo difícil de olvidar. Con sus tres torres de cincuenta pisos cada una, sus cinco mil habitaciones, trescientos ascensores, veinte restaurantes, cinco galerías de tiendas y boutiques, ocho campos de golf, doce piscinas, parques, jardines, las emociones que ofrece empiezan a partir del volcán. Mientras duerme, este coloso permanece disimulado bajo una apacible cascada, hasta que, después de caer la noche, despliega cada quince minutos su terrorífico esplendor. Las aguas se agitan, parecen hervir, y un creciente estruendo indica el despertar del corazón durmiente del gigante de fuego. La erupción toma fuerza mientras las llamaradas naranja y rojo iluminan el cielo elevándose cien pies por encima del agua. Cuando el fuego empieza a cubrir la superficie de la laguna, las personas que logran los primeros lugares, justo al borde del agua, pueden sentir cómo sube la temperatura. Después de un desborde final de pirotecnia, regresa a su estado de reposo, hasta la próxima sesión.

El visitante avanza luego por un puente elevado hasta donde suben los vapores de una selva tropical que es parte del paisaje del volcán. Palmeras de sesenta pies y árboles centenarios cubiertos de líquenes elevan su denso follaje entre cascadas y lagunas en cuyas riberas pantanosas dormitan fieros caimanes. Sobre las rocas cubiertas de suave musgo, crecen raras orquídeas y bromelias, envueltas en la tenue luz solar irisada por el agua de las cascadas.

Los sonidos propios de la jungla se hacen patentes a cada momento. Se trata del Jardín Secreto, hasta hace muy poco habitado por felinos, principalmente los raros y fascinantes tigres blancos.

Los célebres ilusionistas alemanes Sigfried & Roy crearon esta maravilla de selva que parece salida del sombrero en uno de sus actos de magia. Sigfried Fischbacher y su compañero Roy Horn, el uno nacido en la Pomerania y el otro en Baviera, actuaban cada noche desde hacía años en el MGM-Mirage, dueños de un espectáculo de fama mundial en el que participaban sus tigres blancos del Jardín Secreto.

El teatro se llenaba siempre al tope de su capacidad de dos mil butacas. Si algún turista no se había prevenido de hacer reserva de localidades con meses de anticipación, debía pagar por un boleto de reventa al menos trescientos dólares, si es que con suerte encontraba alguno. Hoy todo es historia antigua porque el show de magia fue clausurado definitivamente. Los felinos del Jardín Secreto se hallan ahora dispersos en diferentes zoológicos de los Estados Unidos, y el único que permanece en su sitio es el viejo y legendario león de la MGM, cuyos rugidos han dado la bienvenida a sucesivas generaciones de espectadores en las salas de cine alrededor del planeta.

Todo ocurrió un viernes. Aquella noche, como todas las otras, Roy apareció en el escenario llevando por la correa a Montecore, un tigre blanco de siete años de edad y seiscientas libras de peso, para dar inicio al número estelar del espectáculo. La indumentaria del mago era igualmente blanca, salvo por el chaleco de seda de color naranja.

El número consistía en que Roy cubría al tigre con un manto escarlata de bordes dorados, levantaba el manto con presto ademán, y el tigre se había esfumado. Sacudía luego el manto, en busca fingida de materializar de nuevo al tigre, y al no conseguirlo tras repetidos intentos, empezaba a llamarlo por su nombre como si se sintiera preocupado de que por una falla del truco hubiera desaparecido para siempre en el aire.

Entonces se oían rugidos que llegaban desde la platea, y los reflectores caían sobre el tigre, subido a un estrado que se alzaba a mitad de las filas centrales de asientos. La fiera bajaba con elástico salto, avanzaba por el pasillo central sin hacer caso del barullo asustado de los espectadores, y regresaba al escenario, ahora entre aplausos y exclamaciones de admiración. Cómo lograba Roy transportar a un tigre de seiscientas libras de peso de una parte a otra del teatro, volviéndolo invisible, es algo que no tiene todavía explicación. Quizás ya no la tendrá nunca.

Montecore es hijo de Vishnu, el afamado tigre heterocigótico, un padrote dorado capaz de producir camadas de cachorros completamente blancos, o rayados blancos y dorados, y de Sitarra, la gran dama de los tigres blancos, de modo que pertenece a una elevada estirpe. Sitarra había fallecido en el hospital del Jardín Secreto una semana atrás de ese viernes a que nos referimos, aquejada de esclerosis múltiple. La tigresa, considerada por largo tiempo estéril, tras ser apareada con Vishnu dio a luz a su primera camada de cachorros, entre ellos Montecore. A la segunda camada pertenecen Rojo, Blanco y Azul, también hijos de Vishnu, que nacieron el 4 de julio de 1989, Día de la Independencia de Estados Unidos.

«La relación entre Sitarra y Roy había que verla para creerla —dice Bernie Yuman, el vocero del espectáculo—. Las tigresas nunca toleran a los tigres machos a su lado cuando dan a luz, así se trate del tigre heterocigótico, ni menos la cercanía de una persona; pero Sitarra no sólo le permitió a Roy asistirla durante el parto de Montecore, sino que, una vez nacido el cachorro, lo tomó del cogote entre sus fauces y lo puso en el regazo de Roy, limpiándolos amorosamente a ambos con la lengua».

De manera que la relación entre Montecore y Roy era como la de un hijo con su padre. Esperaba a la puerta cuando se trataba de reuniones de negocios, lo acompañaba mientras comía, recibía los alimentos de su mano, y no era extraño que se quedara a pasar la noche en su dormitorio. El cachorro nunca llegó a estar cerca de su verdadero padre, pues el tigre heterocigótico, después de cumplido su cometido de cubrir a las hembras, era devuelto a su jaula del Jardín Secreto.

Ese viernes la rutina habría de variar de manera inesperada. Roy presentó como siempre a Montecore ante la concurrencia, dijo unos cuantos chistes, y se dispuso a cubrirlo con el manto. El tigre, como si no quisiera esa vez participar en el juego, se alejó hacia un extremo del escenario. Roy lo llamó para que se acercara, pero no hizo caso; abrió entonces los brazos y miró al público con cara de impotencia, como pidiendo auxilio ante tanta terquedad, y fue en su busca; y mientras le decía, bromeando, que si se había quedado sordo, le dio un toque en la nariz con el micrófono.

Tras recibir el segundo toque del micrófono en la nariz, el tigre se alzó sobre las patas traseras, y empujó al mago con el hocico, haciéndolo caer. El público rió, divertido por el juego, y siguió riendo cuando el tigre se abalanzó sobre el mago y lo inmovilizó bajo sus patas.

Amy Sherman es una maestra retirada que había llegado desde Lincoln, Nebraska, junto con su madre, que cumplía años ese día, para celebrar la ocasión. Ambas se hallaban sentadas en la primera fila a menos de diez yardas del escenario. La versión de Amy es la siguiente: «Parecía un juego al que ambos se hallaban acostumbrados. El tigre siguió negándose a ejecutar la orden, y el mago lo volvió a golpear con el micrófono. Entonces el tigre lo empujó y lo hizo caer al suelo, y los dos se trabaron en lucha, mientras el mago lo golpeaba ahora más fuerte. La respuesta del tigre fue un veloz zarpazo. Luego vimos cómo agarraba al mago entre las fauces por el cuello y lo arrastraba por todo el escenario. Después de varias vueltas, mientras los reflectores los seguían, tigre y mago desaparecieron tras del telón de fondo, por donde habían entrado. Lo último que se vio del mago fueron sus botas blancas. Se escucharon los aplausos. Todos volvimos la cabeza hacia el estrado donde ya sabíamos que el tigre reaparecía después de esfumarse bajo el manto escarlata. Pensábamos que de todos modos lo veríamos de pronto allí».

«El mago parecía un muñeco de trapo mientras el tigre lo arrastraba llevándolo agarrado del cuello con los colmillos —dice por su parte la madre de Amy—. El abundante rastro de sangre que iba quedando sobre el piso del escenario maravilló a todo el mundo, cómo una sustancia química roja, una pintura especial para trucos podía imitar tan bien la sangre».

Kira Basser, de Filadelfia, donde trabaja para la tienda Sacks, dice: «Yo me sentía electrizada, viendo aquella lucha entre el mago y el tigre, sorprendida por el realismo de la escena. Pero en Las Vegas, una debe acostumbrarse a los prodigios. Las muchachas de piernas desnudas que asistían al mago no dejaban de sonreír, con sonrisa congelada. Las personas bien entrenadas para esa clase de espectáculos ya se sabe que todo lo fingen bien, el terror, el asombro, la desesperación, y también las sonrisas que cubren todo eso cuando todo eso pasa a ser real».

Amy Sherman no sabe cuánto tiempo pasó antes de que Sigfried, el otro mago del dúo, apareciera en el escenario para decir: «Lo siento, la función ha terminado, y el espectáculo ha terminado para siempre». Pero cuando volvió a meterse tras la cortina, nadie abandonó sus asientos. Se oyeron nuevos aplausos, que fueron seguidos por otros, hasta que la sala estalló en una ovación cerrada. Todo nos parecía maravilloso, era tan auténtico. Lo que esperábamos ahora era que el mago apareciera montado en el tigre volando por los aires, algo como eso».

El mago había perdido a esas horas gran cantidad de sangre. Hubo que dispararle al tigre un dardo sedante que lo puso fuera de combate para poder librarlo de sus garras. Cuando los paramédicos del Clark County Fire llegaron se hallaba en capacidad de hablar, pero presentaba serias dificultades respiratorias. La zarpa de Montecore había errado por poco en desgarrar la arteria carótida. En esas condiciones fue llevado al servicio de cirugía de emergencia del University Medical Center.

Luego de ser operado de emergencia en horas de la madrugada del sábado, fue puesto en la lista de pacientes en estado crítico. Mientras tanto el tigre, bajo los efectos del somnífero, había sido conducido de regreso al Jardín Secreto, donde quedó en cuarentena.

«Montecore desarrolló un secreto rencor en contra del mago por haber suplantado a su padre biológico, pero se cuidó de demostrarlo hasta que estuvo en edad adulta, ya en plena capacidad de fuerza y vigor —escribió en *Las Vegas Sun* el doctor Richard Feinberg, especialista en psiquiatría animal—. La crisis de identidad filial llega a ser causa de agresión; es lo que ocurre con muchos menores adoptados que al alcanzar la edad adulta no son capaces de superar ese complejo de identidad, y reaccionan con violencia».

Aún se habla de la ejecución de Montecore, al que ya han empezado a llamar «el tigre asesino de Las Vegas». Pero esto es algo que debe ser decidido por la policía del condado conforme dictamen de las autoridades sanitarias.

De ser desechada la ejecución, al menos quedará vedado de participar en espectáculos públicos, y pasará el resto de su vida en el confinamiento de una jaula.

Terrible simetría

What immortal hand or eye
Could frame thy fearful symmetry?
WILLIAM BLAKE

—Gracias por haber aceptado venir al estudio para esta comparecencia, capitán. Nuestro invitado es jefe de la estación número 28 de la Policía de Nueva York, en Central Harlem. Quisiera ir directamente al tema. ¿Me permite preguntarle cómo empezó todo?

—Recibimos el lunes una llamada de rutina. Vivimos llenos de llamadas de rutina. Un perro había mordido a una persona en un edificio público de viviendas al sur de la Calle 125.

—El boulevard Martin Luther King.

—Sí, como se llama ahora. Un lugar caliente como hay pocos, nunca se le ocurra andar de noche por esos parajes.

—Tomaré su consejo.

—La patrulla regresó con el reporte de que habían encontrado a un tal Antoine Yates, de cincuenta y ocho años, de raza blanca, con heridas en el brazo y la pierna derechos. Según sus declaraciones lo había atacado un perro pit bull, pero se negó a presentar cargos contra nadie, ni a decir nada más. Los patrulleros lo llevaron al hospital de Harlem, y fue dejado en la sala de emergencias.

—Un dato relevante. Un blanco en un barrio de afroamericanos.

—Sí, como se dice ahora, afroamericanos.

—Entiendo que luego recibieron otra llamada, esta vez anónima.

—El martes, eso fue el martes. Alguien que no quiso identificarse dijo que en algún lugar de Harlem se hallaba suelta una fiera salvaje, algo más que un perro, que estaba mordiendo a la gente. Una advertencia demasiado general, como puede ver. Pero luego hubo una nueva llamada.

—Más específica.

—Sí, era la misma voz. Volvió a llamar el jueves por la noche, informando que la fiera salvaje se hallaba en nuestras propias narices, que regresáramos al apartamento de la 125 donde había sido recogido el hombre blanco herido, que nos guiáramos por el olor a orines de tigre.

—Quedaba claro entonces que era un tigre.

—Todavía no. Decidí que era necesario volver al edificio, y yo mismo acompañé a los patrulleros. Un edificio asqueroso, usted sabe, de esos que se entregan casi gratis a los beneficiarios bajo programas de asistencia social, y luego van deteriorándose. No funciona el ascensor, los tarros de basuras están siempre llenos, las paredes van cubriéndose de graffiti. En la entrada me encontré a una anciana que regresaba llevando sus compras en un cochecito de niño.

—La interrogó.

—Me propuse hacerle ciertas preguntas con cuidado. ¿No se asombraría usted si alguien se le acercara para preguntarle si acaso vive un tigre en su edificio? Ella, cuando intuyó de qué se trataba, no se asombró. El tigre vivía en uno de los apartamentos del sexto piso, dijo, pero a nadie incomodaba.

—Espere un minuto. ¿Le dijo que nadie se molestaba por tener un tigre viviendo allí?

—Para demostrármelo, se asomó al hueco de la escalera y llamó a alguien que vivía en el segundo piso. Un hombre en camisola, tan viejo como ella, y lo mismo de achacoso, bajó unos cuantos escalones. Hizo que la mujer le repitiera la pregunta, llevándose la mano al oído. «¿Cuál es el problema con Ming? —dijo—. Es una amable criatura». Volvió a subir, y lo oí cerrar su puerta.

—Ming, para quienes no están familiarizados con la historia, es el nombre del tigre.

—Sí, Ming. Así lo había bautizado Antoine Yates.

—¿Sabe la policía de dónde sacó ese hombre su tigre?

—No está claro, pero sí sabemos que lo crió alimentándolo de su propia mano. Por al menos dos años, compartió el atestado apartamento con Yates y su familia. Antoine se sentaba con Ming en el sofá a ver los juegos de béisbol en la televisión, y también películas, *La bella mafia, Carrie, El Padrino, El exorcista*. Invitaba a los vecinos, tomaban cerveza, a veces le daban cerveza a Ming en el tarro en que bebía agua.

—Entonces todo el mundo estaba de acuerdo en que el tigre no era ningún peligro. ¿Es lo que me quiere decir?

—Algunos no lo veían como un peligro, pero sí como una molestia. Cuando corrió la voz de que la policía se hallaba en el edificio, empezaron a asomar más cabezas por las escaleras, y algunos inquilinos vinieron hasta el vestíbulo. Llovieron las declaraciones. Alguien del quinto piso se quejó de que los orines de Ming se filtraban por el techo de su apartamento, no olvide que el tigre vivía en el sexto. Otro, vecino al lado, dijo que cuando la fiera tenía hambre, no lo dejaban dormir sus rugidos. Pero ninguno de ellos quiso hacer una denuncia formal.

—Entonces podemos concluir que los residentes, en lo general, toleraban al tigre.

—Déjeme decirle una cosa. Había una especie de orgullo de vivir al lado de un tigre, de compartir el mismo edificio con una fiera en sí misma temible y misteriosa. Un orgullo más fuerte que el miedo.

—¿Y qué había pasado mientras tanto con Yates, el dueño del tigre?

—No apareció. Había sido dado de alta el mismo día en el hospital, pero no regresó al apartamento. Tampoco pudo ser localizado en Filadelfia, adonde se había trasladado su familia.

—¿Cuándo ocurrió eso de que su familia se trasladara a Filadelfia?

—En la medida en que el tigre crecía y andaba por el apartamento, la mujer de Yates no soportó más la situación. Lo encontraba copando el cuarto de baño sentado sobre el inodoro, o sobre el sofá de la pequeña sala esperando que encendieran el aparato de televisión, lo mismo merodeaba por la cocina. Entonces la mujer se fue con sus tres hijos para Filadelfia, a vivir al lado de su madre, llevándose a los otros animales, los inofensivos.

—¿Había más animales?

—Qué le diré, zarigüeyas, papagayos, iguanas, una boa.

—¿Una boa?

—Una boa adulta, de cuatro metros.

—¿Y usted llama inofensiva a una boa?

—En comparación con un tigre.

—Resulta que en ese apartamento lo que había era un verdadero zoológico.

—Podemos llamarlo así, un zoológico doméstico.

—Y el hombre se había quedado a vivir en solitario con el tigre.

—Por un tiempo, pero el tigre siguió creciendo, era ya un animal de cuatrocientas libras de peso, suficiente para disputar todo el espacio a su dueño. De modo que eso obligó a Antoine a moverse a otro apartamento del edificio, y dejarle el campo a Ming.

—No me diga que al hombre le dieron otro apartamento, y el tigre se quedó viviendo allí.

—Es algo anormal que un inquilino reciba dos apartamentos a su nombre, pero eso toca investigarlo a las autoridades de vivienda pública. Lo que sé decirle es que Antoine visitaba a Ming todos los días, y tras asegurarse del humor de la criatura, entraba para dejarle comida. Cambiaba el agua y entregaba al tigre su ración de pollo crudo, y carne vacuna. Es lo que cuentan los vecinos.

—¿Cuál era el empleo de Antoine?

—No tenía ninguno, retiraba cada mes su cheque de desocupado.

—¿Y cómo financiaba entonces los banquetes del tigre?

—Por medio de colectas entre los vecinos.

—Capitán, un punto. Diga lo que se diga de sus motivos, Antoine no era ningún tonto. Nadie puede ser un idiota y criar un tigre. Debe haber sabido que se hallaba metido en un lío, que algo podía ocurrir, y debió considerar la idea de trasladar al tigre a algún sitio donde pudiera disfrutar de libertad.

—Estamos hablando no de un tonto, sino de una persona irresponsable, que hoy enfrenta cargos de tenencia ilícita de animales salvajes, y exposición criminal de personas al peligro.

—De acuerdo. Pero se hallaba en un lío. Necesitaba sacar a Ming de allí. ¿Y cómo se saca a un tigre de un edificio de apartamentos? No podía simplemente meterlo en una bolsa y subir con ella al tren subterráneo. ¿Y adónde iba a llevarlo, además? No podía soltarlo en Central Park.

—Lo correcto hubiera sido llamar a la Oficina de Control de Animales, dar parte a la policía. Nosotros hubiéramos sido comprensivos.

—Pero cualquiera puede imaginar que también rehusaba darse por vencido. Deshacerse del tigre era una derrota, y la idea de la derrota le creaba indecisiones. Cualquiera que alguna vez se haya sentido acorralado por las indecisiones sabrá de qué se trata. Uno siempre seguirá creyendo que se le va a presentar la oportunidad de salir del asunto, mientras pasa un día y otro. Sobre todo cuando se trata de una situación irracional.

—No capto muy bien su punto de vista.

—Echaba cada día carne cruda al tigre, y lo contemplaba desgarrar y tragar la comida. Se hallaba atrapado por la rutina. Tanto el hombre como el tigre se hallaban atrapados por la rutina.

—Alimentaba al tigre dos veces al día, como en los zoológicos.

—Ya ve, la situación era insostenible. Pero fue ocurriendo de manera gradual, una mala decisión tras otra. ¿Supo el tigre lo temible que se había vuelto? ¿Veía todavía Antoine en él al gatito al que daba el biberón, sentado en el sofá?

—Ese hombre no estaba en su sano juicio. Nadie en su sano juicio renuncia a su familia, la deja ir, por quedarse con una fiera salvaje que no tiene capacidad de amar.

—¿Dice usted que el tigre no tenía capacidad de amar debido a que un día atacó a su dueño y benefactor? ¿No se atacan también entre sí los seres humanos por celos, por envidias, por nimiedades, y luego se reconcilian?

—Lo siento, pero aquí sólo se trata del ataque de un animal que nunca pudo ser domesticado, porque sus instintos lo impiden, contra su dueño. Un animal que de pronto se convierte en lo que verdaderamente es, un tigre salvaje. Y peor, si es un tigre que vive inconforme, cautivo en la estrechez de un pequeño apartamento.

—¿No cree que si algo quería Antoine era crear una réplica del jardín del Edén, una forma inocente de convivencia entre los seres humanos y las fieras? Aunque fuera dentro de las cuatro paredes de un estrecho apartamento. ¿Podemos culparlo por una utopía que casi le cuesta un brazo?

—Sus heridas no fueron así de graves, como para costarle un brazo, pero pudieron llegar a serlo como consecuencia de su imprudencia.

—Déjeme comparar el caso de Antoine con el del mago Roy, que también se recupera en Las Vegas del ataque de un tigre al que él mismo había criado. Roy imaginó también un mundo artificial en el que bestia y hombre pudieran vivir en paz y armonía. El Jardín Secreto.

—El mago sobrevivió para darse cuenta de que es algo imposible.

—Hay vigilias con velas encendidas para Roy en Las Vegas. Pienso que deberíamos ver a Antoine con la misma simpatía. Pero le ruego continuar, capitán.

—En base a la información recibida decidí montar una operación para copar el apartamento y saber qué clase de animal había allí realmente.

—No uno, sino dos animales.

—Lo del lagarto no lo supimos hasta después, no contaba en nuestros planes.

—¿Había tenido usted antes algún caso semejante en su carrera?

—Nunca. Pero en tales situaciones no hay tiempo que perder. Mi decisión inmediata fue abrir un boquete en la puerta, y antes pedí apoyo a la Unidad Especial de Control de Animales Salvajes. Se presentó un equipo al mando del teniente Larry Wallach, y nos pusimos de inmediato a trabajar. El boquete fue abierto de manera circular, con una sierra eléctrica, lo suficientemente grande como para tener una visión del interior.

—Entonces pudieron ver por primera vez el panorama de adentro.

—Era un desorden increíble. Sillas y trastos volteados, muebles desfondados, paredes desgarradas, suciedad, y un olor rancio a animales de zoológico y a comida envejecida.

—¿Y el tigre?

—De pronto atravesó frente al hueco a paso firme y tranquilo, moviendo la cola. Luego fue a echarse junto a la ventana, al lado de la calefacción, y pasó un buen rato lamiéndose las pezuñas. Tornó a mirar hacia el hueco, seguramente nos vio, pero luego se desatendió de nosotros, se levantó, y se fue a otro lugar, fuera de nuestro campo de visión.

—¿Ya había concebido usted a esas alturas cuál sería el siguiente paso?

—Evalué la situación con el teniente Wallach, y decidimos que sería necesario disparar a la fiera un dardo tranquilizante, pero desde el hueco abierto en la puerta no era posible fijar el blanco, dado lo limitado del campo visual y el desorden de adentro. De modo que Wallach escogió a un hombre suyo para que bajara hasta la ventana del apartamento por la pared externa del edificio. Se descolgó desde el séptimo piso por medio de un cable sostenido por un arnés, armado con un fusil de dardos. El teniente Wallach y yo permanecimos frente al hueco de la puerta.

—¿Y qué hizo el agente una vez que alcanzó la ventana desde fuera?

—Cuando lo vi afianzado en el alféizar, le di instrucciones por medio del walkie-talkie de golpear el vidrio de la ventana para llamar la atención del tigre. Lo hizo con uno de sus zapatos.

—¿Y cuál fue la actitud del tigre?

—Saltó como un bólido en dirección a la ventana, y de un zarpazo hizo añicos el vidrio. La cara del agente era lógicamente de terror. Había abandonado el rellano cuando vio saltar al tigre, perdió el fusil de dardos, que cayó a la acera, y ahora se mantenía agarrado del cable, colgando del aire, mientras el tigre insistía en alcanzarlo con las zarpas. Cuando al fin los de arriba consiguieron izar el cable, ya el tigre tenía medio cuerpo fuera de la ventana, y logró rasguñarle el pantalón.

—¿Qué hizo usted entonces?

—Me fui a la calle, mientras Wallach se quedaba frente a la puerta. El tigre seguía asomado a la ventana, contemplándolo todo ahora con gran tranquilidad. Otro oficial había recogido el fusil, y en el momento en que yo llegaba disparó un dardo hacia la ventana. Pero no era ningún experto, y el tiro falló. El tigre ni se dio por enterado.

—Una situación delicada.

—Di orden a los oficiales de guardia en la calle que tiraran a matar si el animal saltaba desde la ventana.

—Algo improbable, dada la altura.

—Improbable o no, no podía correr riesgos de tener un tigre salvaje suelto por las calles. Entonces, cuando me preparaba a entrar de nuevo al edificio, ocurrió lo increíble.

—Si no nos lo cuenta no vamos a poder saberlo.

—El tigre desapareció de la ventana, y en su lugar se asomó el lagarto.

—¿Hasta entonces usted ignoraba la presencia del lagarto?

—Absolutamente, ya se lo dije. Contra todas las teorías que usted ha esgrimido, aquel hombre estaba loco, tenía a dos fieras peligrosas viviendo con él, mucha más razón para que su familia lo abandonara. Pero hubo algo más increíble aún.

—No veo qué otra cosa más increíble pueda haber ya.

—El lagarto permanecía apoyado de manos en el alféizar de la ventana. Sus ojos verdes, déjeme decirle, despedían un destello de cinismo. Luego apareció a su lado el tigre. Se miraron, se aburrieron, y uno tras otro desaparecieron.

—Extraña situación, capitán, un tigre y un lagarto encerrados en un apartamento, que parecían burlarse de la policía.

—Teníamos que dar fin de inmediato a esa situación. Volví a subir, dispuesto a utilizar bombas lacrimógenas si era necesario, de no ser posible fijar los blancos.

—¿No pensó en desalojar el edificio?

—Con las opiniones de los inquilinos seguramente en contra de la medida, y con la conducta muchas veces violenta de esa gente, no quería agravar las cosas. Hubiera necesitado un gran contingente para ejecutar una operación como ésa, y ya tenía a muchos de los oficiales ocupados en acordonar la calle para impedir el paso de los transeúntes.

—¿En qué momento fue que lo llamó el alcalde Giuliani?

—Cuando ya subía, un agente se me acercó con el celular en la mano. Era el alcalde. Le informé del estado actual de la situación, y él me previno de que los periodistas se desbordarían en cualquier momento hacia el sitio. Pronto habría cámaras por todas partes, y hasta helicópteros de la televisión. El asunto debía estar cerrado cuando los periodistas llegaran.

—¿No le extrañó que el alcalde Giuliani se saltara todos los canales, y lo llamara directamente a usted?

—Sinceramente, no tuve tiempo de detenerme a pensar en eso.

—El tiempo que le estaba dando era demasiado corto, en todo caso.

—Porque no quería que se volviera un asunto político todo eso del tigre suelto, me dijo. La imagen de la seguridad de los ciudadanos se hallaba en juego. Yo no le mencioné al lagarto, para no agobiarlo más, con el tigre había ya bastante para hacer rodar su cabeza.

—¿Se le había ocurrido algo nuevo para entonces, capitán, algún plan de emergencia?

—Con la ausencia de su dueño, tanto el tigre como el lagarto tenían muchas horas sin comer. Cuando nos encontramos arriba, frente a la puerta, pregunté a Wallach si era posible inyectar una dosis fuerte de narcóticos a la carne cruda. Su respuesta fue afirmativa. Entonces ordené a un oficial que fuera a buscar carne, toda la que pudiera hallar en las carnicerías cercanas. Pronto regresó trayendo dos grandes baldes de plástico llenos de filetes de res, chuletas de cordero, pollos enteros. Y de inmediato se procedió a inocular el narcótico a las piezas de carne.

—Y mientras tanto, ¿qué pasaba con los animales? ¿Se habían quedado tranquilos?

—Ojalá. Nos hallábamos empeñados en inyectar la carne, cuando de pronto escuchamos un rugido tremendo, y vimos la cabeza del tigre asomar por el hueco de la puerta, abriendo las fauces y mostrando los colmillos.

—Tremendo susto.

—No es vergonzoso lo que hicimos. Es el instinto de conservación.

—Nada puede ser vergonzoso en esas circunstancias. ¿Qué hicieron?

—Saltamos hacia atrás, y apoyándonos en las manos, nos arrastramos velozmente, lo más lejos posible del hueco, dejando los baldes y las jeringas regadas en el suelo. El tigre se ayudó con las zarpas para agarrar entre los colmillos uno de los mejores pedazos de carne, después otro, y cuando los hubo transpuesto metió de nuevo la cabeza.

—¿La carne que eligió estaba ya inoculada?

—El caso es que no.

—Astuto animal.

—Afuera se oía ya batir las aspas de los helicópteros de los canales de televisión. Tiramos por el hueco la carne que ya estaba preparada. El efecto debía producirse en pocos minutos, según la fuerte cantidad de narcóticos que habíamos inyectado.

—¿Entonces?

—Mientras afuera los oficiales contenían a los periodistas, una escuadra de asalto se preparó para penetrar derribando la puerta. Esperaríamos tres minutos, contados reloj en mano, suficiente para que las bestias probaran algún bocado de la carne y cayeran bajo el efecto del narcótico. La escuadra iba armada de redes y cuerdas, para inmovilizarlas y de esta manera conducirlas al Zoológico del Bronx.

—¿Y si aún estuvieran despiertas?

—Las instrucciones eran de lanzar granadas de gases, y luego tirar a matar a todo lo que se moviera.

—Se estaba usted exponiendo a un tiroteo a la vista de toda la prensa.

—Ya era inevitable. A través del hueco se podía ver un helicóptero, en el que había dos o tres camarógrafos, que había bajado a la altura de la ventana.

—Entonces se produjo el asalto.

—Aún no. Lo que pasó entonces es que vimos cómo las presas de carne narcotizada eran devueltas, una a una, a través del hueco. No podíamos salir de nuestro asombro.

—¿Lo sintió usted como una nueva burla?

—Debo confesar que sí, trataban de humillarme.

Mandé a sustituir los fusiles por ametralladoras de asalto, y a que se entregara a cada miembro de la escuadra una dotación de granadas de mano.

—Una guerra en toda regla.

—A mi señal, el oficial que iba a la cabeza de la escuadra rompió la puerta de una patada, y todos se abalanzaron dentro. Pero no hubo disparos.

—Relátenos esa parte, por favor.

—No hay mucho que relatar. Los cuerpos de las bestias estaban atravesados frente a la puerta, uno al lado del otro en medio de un charco de abundante sangre. Se habían atacado mutuamente.

—¿Muertos los dos?

—El tigre tenía un mordisco en la yugular, y el caimán había recibido un zarpazo en la cabeza. Seguramente fue el último en atacar, porque la calidad de su herida se lo permitió. Aún estaba con vida, pero no tardó en expirar.

—¿Cuál es su juicio acerca de este hecho?

—Para ellos, lo que nosotros consideramos actos de locura, como atacarse de pronto mutuamente, es parte de su naturaleza.

—¿No ha pensado en que pudo tratarse de un suicidio pactado?

—¿A qué nos llevaría eso?

—Usted mismo nos ha contado que la conducta de los dos animales se volvió extraña, y que sus actos finales pueden interpretarse como de burla.

—Así lo vi.

—Entonces, es posible que se hubieran puesto de acuerdo para no entregarse con vida. Que no aceptaran ser trasladados a un zoológico público, que hubieran decidido no dejarse arrancar de lo que consideraban su verdadero hogar. Quizás Ming tuvo ya esa intuición frente a las intenciones de Antoine, y por eso lo atacó.

—En el campo de la especulación, todo es posible.

—El hecho de que sintiera que ellos se burlaban de usted no lo toma sin embargo como una especulación.

—Digamos que puedo tomarlo como un sentimiento personal. Una creencia.

—¿Podría entonces tomar como un sentimiento personal el hecho del suicidio mutuo? ¿Como una creencia?

—Es probable.

—Muchas gracias por su tiempo.

Bill Hemmer, de CNN, con el capitán Raymond L. Curtis, comandante de la estación 28 de la Policía de Nueva York.

TORTUGA VERDE

Chelonia mydas

Quelonio típico del océano Atlántico tropical. Los adultos tienen el carapacho en forma oval, con una gran variación de color de individuo a individuo; la cabeza, relativamente pequeña y chata, se halla cubierta de escamas simétricas, y el hocico es redondo y aserrado. Cada aleta, también aserrada, tiene una uña visible.

Sus migraciones las efectúan costeando, pero también pueden realizar migraciones transoceánicas desde sus sitios de alimentación a los sitios donde desovan. Se alimentan de pastos marinos y de algas, aunque también comen pequeñas cantidades de crustáceos, moluscos, medusas, esponjas, erizos y peces pequeños y huevos de peces.

Miss Junie persigue a Miss Junie

Miss Junie fue escogida entre las miles de tortugas verdes hembras que por temporadas regulares acuden a desovar a la playa de Tortuguero, en la costa del Caribe de Costa Rica, un sitio protegido que tiene el rango de parque nacional, para que desempeñara una delicada misión científica, la primera en su género.

La noche de un 18 de septiembre, mientras hacía su nido en la milla 2 2/8 de la playa de la reserva, fue cercada por un equipo de científicos de la Turtle Survival League, que tiene sede en Florida, y bajo los cuidados del caso se la condujo a la estación biomarina de la misma reserva, donde se procedió a encartarla. De acuerdo a la entrada respectiva de la bitácora, midió 103,1 centímetros de la cabeza a la cola, tomada en cuenta la curvatura del caparazón, y pesó doscientos treinta y cinco kilogramos. Fue inscrita con el número 94.821.

Se la bautizó Miss Junie en homenaje a la bióloga marina Junie Hawthorne Ph. D., jefa del equipo involucrado en el operativo, quien ese día de la captura cumplía casualmente cuarenta y tres años de edad. Al cabo de dos días Miss Junie, la bióloga marina, seleccionó entre otras de su especie a Miss Junie, la tortuga, para la misión ya mencionada, en base a determinados parámetros técnicos que no viene al caso relatar. Baste decir que se trataba de un ejemplar hembra maduro, si puede hablarse de madurez en una especie cuya fama de longevidad se pierde en la noche de los tiempos.

El siguiente paso fue implantar en su caparazón el novedoso dispositivo. Del tamaño de un encendedor de cigarrillos, el aparato emite una señal cada vez que el individuo emerge a la superficie, y entonces la información es recibida por un satélite orbital que la traspasa a un banco central de datos. Esta información es útil para formular estrategias destinadas a evitar la extinción de la tortuga verde.

La creciente contaminación del ambiente marino; las capturas accidentales o deliberadas que consuman los barcos de las flotas pesqueras; los abruptos cambios ecológicos en las costas y en las plataformas continentales, cayos y arrecifes, que han disminuido la riqueza de los comederos habituales; así como la violación contumaz de las vedas, ponen en severo riesgo a esta especie que apareció en nuestro planeta hace ciento cincuenta millones de años.

El sofisticado aparato implantado en el lomo de Miss Junie, la tortuga, además de rastrear su ruta por los caminos del mar, permitiría vigilar de cerca sus usos sexuales —alteraciones de su naturaleza en tiempos de celo y formas y tiempos de apareamiento— así como sus costumbres alimenticias; y arrojaría también datos para estudiar el efecto de los cambios de temperatura, tanto en las profundidades como en la superficie, sobre su naturaleza biológica.

Dotado de un microchip de vasta capacidad, y de una fuente de energía de alimentación solar, que como se sabe sobra en el mar, el dispositivo sería capaz de enviar información de manera continua hasta el satélite, aun de noche. Parte de esa información, en lo que concierne a la ruta de desplazamiento, empezó a ser mostrada en el sitio www.cccturtle.org/sat_junie.htm, de modo que los interesados pudieran conocer en cada momento la posición de Miss Junie, la tortuga. El lector que se muestre escéptico al leer el desenlace de esta historia deberá visitar el mencionado sitio.

Una vez que recibió el implante del dispositivo, colocado en el vértice superior de su concha por las propias manos de Miss Junie, la bióloga marina, Miss Junie, la tortuga, fue llevada de regreso a la playa y liberada la noche del 20 de septiembre. El dispositivo fue activado, y la lucecita intermitente de color verde empezó a pulsar hasta perderse en la oscuridad.

De acuerdo al mapa de ruta nadó primero con rumbo sur cerca de cien kilómetros, y trazó luego un círculo de cincuenta kilómetros de diámetro, para tomar entonces ha-

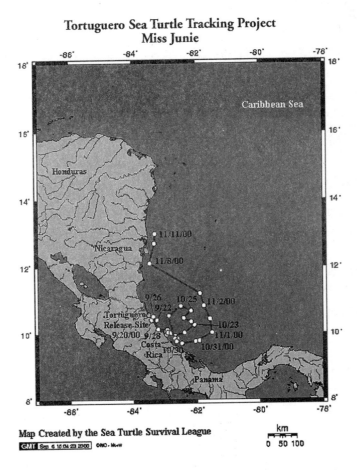

Tortuguero Sea Turtle Tracking Project
Miss Junie

cia el este, como si se dirigiera a mar abierto, pero tras otros cien kilómetros de recorrido enfiló por último hacia el norte, seguramente en dirección a los comederos de los cayos Misquitos, en aguas territoriales de Nicaragua.

En agosto del año siguiente la señal desapareció sin explicación alguna cerca de la barra de Laguna de Perlas, cuando Miss Junie, la tortuga, había completado unos seiscientos kilómetros de viaje; y por muchos intentos que se hicieron para restablecer el contacto, se dio por perdido su rastro. El precio de fabricación del dispositivo, financiado por la Disney Wildlife Conservation Fund, era de treinta mil dólares.

Pero el 13 de noviembre de ese mismo año la señal empezó a ser recibida de nuevo en los cuarteles de la TSL en Gainesville, Florida, y las coordenadas marcaron como lugar de emisión la comunidad de Raitipura, en Laguna de Perlas, un humedal al que sólo una barra separa del océano. Brillaron las esperanzas. La propia Miss Junie, la bióloga marina, fue comisionada de inmediato para viajar a Nicaragua, en busca de Miss Junie, la tortuga.

Llegó a Managua al mediodía del 18 de diciembre, y al realizar esa misma tarde en su habitación del hotel un primer control de la señal desde su lap-top, equipada para conectar con el satélite, se sorprendió al advertir algo inusual. En el mapa se marcaba el avance con rumbo sur de Miss Junie, la tortuga, a lo largo del río Kukra, que corre paralelo a la costa y conecta Laguna de Perlas con el río Escondido, el que, a su vez, desemboca en la bahía de Bluefields.

Mayor fue su sorpresa al comprobar que el dispositivo registraba una velocidad de ocho nudos, algo absolutamente alejado de la capacidad de una tortuga, que como también se sabe, ha sido utilizada inveteradamente como ejemplo de lentitud, baste recordar la proverbial fábula acerca de su desigual competencia con Aquiles.

Una nueva comprobación mostró que la señal se había detenido cerca de las seis de la tarde en Kukrahill, un pequeño puerto de la ribera oeste del río, y Miss Junie, la bióloga marina, no dejó de esbozar una sonrisa escéptica —como estoy seguro es a estas alturas la sonrisa que se insinúa en los labios del lector— al pensar que Miss Junie, la tortuga, pudiera haber escogido Kukrahill para descansar, agotada por la velocidad inusitada de su marcha. El misterio conduce no pocas veces al escepticismo.

Cuando Miss Junie, la bióloga marina, quitó de su regazo la lap-top y la puso a un lado sobre la plaza desocupada de la cama doble, dispuesta a buscar el sueño, al apagar la luz la pantalla permaneció iluminada, marcando el punto fijo de la señal; pero cerca del amanecer, al regresar del baño, notó que había empezado de nuevo a moverse por el río Kukra, siempre con dirección sur, a la misma velocidad de ocho nudos. Miss Junie, la tortuga, no dejaba que se le pegaran las sábanas. Cuando Miss Junie, la bióloga marina, volvió de desayunar, la señal había variado su curso hacia el este, y ya en aguas del río Escondido avanzaba rumbo a la bahía de Bluefields.

Tomó pasaje aéreo esa misma mañana hacia Bluefields, y al hacer su última lectura de la ruta antes de subir al avión, el punto luminoso había llegado al muelle de la ciudad, y allí se hallaba detenido. Cuando aterrizó, al volver a consultar la pantalla, vio que la señal se había movido desde el muelle con rumbo sur-sureste, en un rango de distancia difícil ahora de determinar porque el desplazamiento era menor de un kilómetro, el mínimo de capacidad de medición del dispositivo. Miss Junie, la bióloga marina, sabía que Miss Junie, la tortuga, se hallaba en Bluefields, pero le era imposible saber exactamente dónde.

Tomó un taxi y pidió al chofer que la llevara al muelle, el único sitio desde el que podía partir para buscar una pista. Guiándose por los registros del reloj del dispositivo preguntó en la intendencia del puerto cuál embarcación había llegado desde Kukrahill una hora y media antes, y así averiguó que se trataba de la lancha de pasajeros *The Golden Mermaid*.

Caminó entre bultos de mercancías, canastas de frutas, cabezas de plátano, latas de manteca, y pilas de cajillas de cerveza y aguas gaseosas, con todo el sol en la cabeza, hasta llegar al lugar donde amarraba la lancha. Era una pintoresca embarcación construida enteramente de madera y pintada de azul y rojo, de unas veinte plazas, desierta a esa hora de pasajeros y de tripulantes. Dominada por su perplejidad, se sentó en una caja de embalar jabón, y puso la lap-top sobre sus piernas. No podía ser más extraña su situación. ¿Iba a acercarse a alguno de los marineros o estibadores que pasaban frente a ella para preguntar si alguien había visto bajar de la lancha, y luego alejarse calle abajo, a una tortuga que respondía al nombre de Miss Junie?

En la pantalla la señal seguía dentro del rango de un kilómetro. Y de pronto, empezó a moverse. Venía de regreso hacia el muelle desde el rumbo sur-sureste, dando extraños tumbos, como si se hallara fuera de control. Cada vez más cerca. Cerró de golpe la lap-top, que ya no le servía de nada en estas circunstancias de estrecha cercanía, y se puso de pie.

¿Creyó de verdad en algún momento Miss Junie, la bióloga marina, que Miss Junie, la tortuga, aparecería, con aquel paso incierto que marcaba el dispositivo, entre tantos pies descalzos y zapatos burdos que se movían por el muelle? Debió ser así, si nos atenemos al rumbo de su mirada. Porque sus ojos buscaron precisamente entre los pies descalzos y los zapatos, hasta que, aturdida, alzó la vista.

Frente a ella se hallaba un negro atlético, aunque excedido de barriga, de quizás cuarenta años. Los brotes de canas asomaban entre los rizos apretados de su pelo, y llevaba shorts debajo de la rodilla, zapatos deportivos y una camiseta rosada sin mangas, en la que en letras fosforescentes se leía THE LORD IS COMING. Le ofrecía en venta algo como un encendedor de cigarrillos, y ese algo, no sabía por qué tardaba en entenderlo, era el dispositivo que con sus mismas manos había colocado en el lomo de Miss Junie, la tortuga.

Miss Junie, la bióloga marina, bien supuso que el hombre venía procedente de alguna cantina, porque un olor áspero a aguardiente parecía emanar más que de su aliento, de sus poros. ¿Una cantina ubicada en el rumbo sur-sureste? Mientras le mostraba el dispositivo en la palma de la mano, la pequeña luz verde chispeaba intermitente.

Wanna buy ma'am? Very cheap, indeed, desde que la vi a usted de lejos aquí sentada pensé en mi cabeza: Señor, Tú la has traído, nadie más la puso en mi camino, ella sí va a comprar el aparato, las personas distinguidas saben para qué sirven las cosas finas, y el Señor me ordenó entonces: dáselo barato, Sam, y porque con Él no se discute, se lo doy barato.

¿Dónde? Se lo cuento. Ya volvía sin nada en las redes cuando ella apareció. Así como el Señor la puso a usted en mi camino, ma'am, así la puso a ella también en mi camino, bingo, le dije a Jemima, you know, Jemima is my wife, gorda, no sé qué come pero cada día engorda, culo y tetas, sobre todo, gran billete nos vamos a echar tú y yo, mammy, se nos cumple la suerte del pescador afortunado, el cuento que nos leían en la escuela morava, remember, mammy?, el gran fish que tenía dentro de la panza un diamante gordo como un pejibaye, sólo que ella lo traía no en la panza, sino en el lomo.

No, no sé qué es ni para qué sirve la cosa esta, lo mismo preguntó Jemima, debe servir para algo grande, le dije, big shit, algo de espionaje tal vez, será la CIA o será la DEA, anyway, y Jemima, el desprecio en persona, that thing?, no ve, mi rey, eso está destrastado, fuck you, brother, that fucking shit no vale nada, ¿alguien ha visto a una mujer llamando hermano a su marido?, rey está ok, pero ¿brother?, y fuck, shit, fuck, siempre las palabras sucias en su boca, oh mammy, wash your dirty mouth, el Señor te escucha, pero ¿no tenía ella razón, ma'am?

Sí, se compuso solo, the fucking shit. Me lo ponía en el oído, y nada, silencio, muerto por completo, hasta que una noche en la oscuridad parpadea la lucecita, Jemima, wake up!, la cosa está funcionando, ¿qué cosa?, dijo entre sueños y shit, estiró la mano y medio dormida me agarró la cosa, oh, that?, eso está más frío que un muerto, brother, dijo, y se dio vuelta, pardon me, ma'am, no he querido ofenderla, yo sólo quiero hacerle una oferta, soy sincero, he fracasado, Bluefields es el único lugar donde puedo vender la cosa, pensé, pero vengo y nadie quiere comprarla si no se sabe para qué sirve. Misterio. ¿Para qué sirve? Usted tiene cara de saber.

¿Ella? Sorry, ma'am, she is in this world no more, gone, se fue de este mundo, la destazó Jemima con sus manos, un barril entero de sopa, a big barrel full of turtle soup, ma'am, no sabré por qué se engorda Jemima, se sentó a comer en serio hasta que vació el balde, lonjas de tortuga, yuca, dasheen, plantains, a machine, an eating machine. Da miedo verla comer.

How much? Very cheap, no question, last opportunity, ¿verdad que sí le interesa, ma'am? No desprecie a Dios que la puso en mi camino como la puso a ella, sólo Dios sabe cuándo se cruzan los caminos.

ZANATE

Quiscalus nicaraguensis

Ave común del orden de los paseriformes. El macho tiene plumaje negro e iridiscente, con tonos azulados, la cola amplia y en forma de quilla, el ojo blanco o amarillo. La hembra, mucho más pequeña que el macho, es de color café oscuro, y pone cada vez de dos a cuatro huevos de color gris pálido a blanco azuloso con manchas color vino, garabatos y puntos negros. Se alimenta de semillas. Prefiere para vivir los lugares poblados, en barrios, parques, calles y mercados.

Caballero Elegante

El ciudadano Eliécer Espinales capturó personalmente a un menor de doce años apodado «El Zanate», y decidió atarlo de pies y manos con una gruesa cuerda después que éste le rompió el vidrio de la puerta delantera derecha de su camioneta con el fin de cometer robo. El vehículo, marca Hyundai, modelo 2000, se hallaba estacionado frente a la barbería Caballero Elegante de la colonia Don Bosco, en el costado norte del populoso Mercado Roberto Huembes, al momento en que se dieron los hechos. Aprovechando el mediodía del sábado, Espinales decidió cortarse el pelo, como siempre lo hace en el mencionado establecimiento, y mientras era atendido por el maestro barbero Santiago Cucalón, descubrió por el espejo que «El Zanate» se acercaba sigiloso a la camioneta cargando una piedra de considerable tamaño, y acto seguido la estrelló contra el vidrio de la puerta derecha, que saltó en añicos. Su objetivo premeditado era apoderarse del tocacintas.

El menor en cuestión ya tenía el aparato en sus manos, dispuesto a huir, cuando Espinales, sin tiempo de quitarse el trapo amarrado a su cuello, corrió hacia la calle seguido del maestro barbero y de los demás clientes que esperaban turno, y entre todos lograron dar caza al pequeño delincuente que huía llevando consigo el fruto de su robo. Una vez capturado, el propio Espinales lo amarró de pies y manos; y así amarrado lo llevó a la delegación policial en la misma camioneta objeto del robo con fractura. La piedra también fue llevada, como cuerpo del delito.

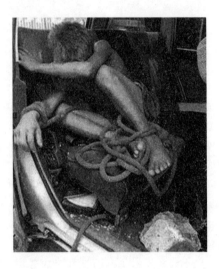

«El Zanate» opera en el Mercado Roberto Huembes y en algunas calles del barrio Don Bosco, y no participa de ninguna cuadrilla, por lo que realiza sus trabajos valiéndose solo. Nadie conoce su nombre verdadero, ni tampoco se sabe que tenga hogar, por lo que duerme donde le da la noche.

La Prensa, octubre 2002

Margarita, está linda la mar
SERGIO RAMÍREZ

PREMIO ALFAGUARA
DE NOVELA 1998

Catalina y Catalina
SERGIO RAMÍREZ

El reino animal se terminó de imprimir en septiembre de 2006, en Litográfica Ingramex, S.A. de C.V. Centeno 162, Col. Granjas Esmeralda, C.P. 09810, México, D.F.